いちばんすきな花

シナリオブック　完全版

〈上〉

脚本　生方美久

扶桑社

Contents

1

［回想］とある小学校の教室

小学5年生のクラス。

担任の女性教師、にこやかに、

教師「はーい！　では、好きなお友達同士で、二人組をつくってくださーい！」

すぐに席を立ってキャッキャとはしゃぎながらペアをつくり始める児童たち。

席に着いたまま、おどおどと周りを見渡すだけの女の子が一人。

待っていても誰も声をかけてくれない。

女の子「……」

［回想］とあるファミレス・店内

中学1年生の男の子、好きな女の子がやってくるのをそわそわしながら待っている。

女の子、友達らしき別の女の子二人を連れてやってくる。

男の子「え……」

女の子「二人じゃなくていいでしょ？（女子二人に）なんでも奢ってくれるって！」

と、悪びれず女子三人でわちゃわちゃと注文を始める。

男の子「……」

［回想］とある一軒家

フリフリのワンピースを着て、ぬいぐるみを抱えた幼稚園児の女の子。

母親「ママお買い物行ってくるね～。お人形で遊んでてね～」

と、母親が家を出て行く。

ワンピースを脱ぎ捨て、将棋を始める。

わざわざ反対側へ移動して対戦相手役をする。

女の子「……」
　一人二役で黙々と将棋を指す。

〔回想〕とある公園

　子供たちが様々な遊具で楽しそうに遊んでいる。
　シーソーがしたくて順番を待っている幼稚園児の男の子が一人。
　他の男の子二人組がシーソーに飽きて別の遊具へと駆けていく。
　男の子、嬉しそうにシーソーの片側に乗る。
男の子「……」
　一人ではただ座るだけで遊べない。

〔回想〕とある小学校の教室

　周りは小学生のまま、さっきの女の子だけ大人になった潮ゆくえ（34）に。
　ゆくえ、誰ともペアを組めず着席したまま。
　ペアが組めてないことに気付かれてもいない。
教師「はーい！　二人組つくれましたねー！」
児童たち「はーい！」
ゆくえ「……」
ゆくえM「昔から、二人組をつくるのが苦手だった」

〔回想〕とあるファミレス

　女子三人は中学生のまま、さっきの男の子だけ大人になった春木椿（36）に。
　女子たちが騒ぐ横で、いないものとされている椿。
椿「……」

椿M「昔から、二人組にさせてもらえなかった」

［回想］とある一軒家

大人になった深雪夜々（26）、一人で将棋をしている。

将棋の勝負がつき、また駒を全部どかして一から一人で将棋を始める夜々。

夜々「……」

夜々M「昔から、一対一で人と向き合うのが怖かった」

［回想］とある公園

周りは園児のまま、さっきの男の子だけ大人になった佐藤紅葉（27）に。

シーソーの片側に座っている紅葉。

反対側には誰も座ってくれない。

紅葉「……」

紅葉M「昔から、一対一で向き合ってくれる人がいなかった」

［回想］とある小学校の教室

楽し気なクラスメイトたち。

一人ぼっちのゆくえ、ふと窓の方に目をやる。

窓際に飾られた花瓶の花が萎れている。

ゆくえ「……」

ゆくえ、花を見つめたのち、立ち上がる。

○タイトル

学習塾『おのでら塾』・教室

ゆくえが講師として働く学習塾。

窓際に花瓶。花が綺麗に咲いている。

中学生たちが数学のプリントを解いてい

る。

ゆくえ、机の間をゆっくり歩きながら生徒たちの手元を見ていく。

隅の席に座る中学二年の女子生徒・望月希子（14）、まったく問題を解こうとしない。

ゆくえ、希子の前に向かい合ってしゃがみ、数学の教科書をパラパラめくりながら、

ゆくえ「どこまでやった？」
希子、ゆくえの持っている数学の教科書を何ページか前に戻して、

希子「このへん」

ゆくえ「うん。じゃこのへんの問題もってくる」
希子、教科書のページを何ページか先に進めて、

希子「みんなはこのへん」

ゆくえ「よそはよそ。うちはうち」

希子「……それ良い感じに言う人初めて見た」

ゆくえ、希子に微笑みかけて、歩き出す。

希子、ゆくえの姿を見送る。

同・事務室

ゆくえ、デスクでの仕事に一息ついて、スマホを手に取る。

LINEで、【赤田鼓太郎】にキモかわいいスタンプを無意味に連打で送る。

すぐに【試し押しすんな】と返信がくる。

ゆくえ、無視してまたスタンプを連打。

【やめろ】【おい】【潮】【仕事しろ】とスタンプの合間に送られてくるのを見てクスクス笑うゆくえ。

赤田、諦めて自分も変なスタンプを連打してくる。

ゆくえ「ちょっ……」
と、声が出て笑ってしまう。
塾長の小野寺学（60）、冗談半分に、
学「なにー？　彼氏？」
ゆくえ、笑いを堪えて、
ゆくえ「いえ、友達です。すみません……」
【仕事するわ。赤田も働け。】とLINEを送ってスマホを仕舞う。

出版社『白波出版』・オフィス

椿が働く出版社のオフィス。
デスクで仕事をこなしている椿。
周りよりも忙しそうでバタバタしている。
加山「春木くーん、エクセルが足し算やらないよー」
椿「はーい」
と、パソコンが使えない上司・加山悟（57）の面倒を見に行く。
少し離れたところで椿の様子を見ながら話す女子社員、乃木夏美（26）と三谷彩子（26）の声。
夏美の声「椿さん、結婚するってよ」
彩子の声「春木さんね」
夏美の声「それだ、いつもどっちかわかんなくなる」
椿、上司のパソコンを直して、デスクに戻る。
椿の後輩、椿の元へ来て何か相談を始める。
忙しそうだが真剣に話を聞いてあげる椿。
夏美の声「ちょっと良いじゃん、春木さん」
彩子の声「わかるわかる」
夏美の声「前にご飯誘ったら、お付き合いしてる方がいるので女性と二人で食事はできません、って断られて」

彩子の声「断り方、硬」

夏美の声「でもその感じがさ、旦那には良いよね」

彩子の声「旦那には良い。良いモノ選ぶならアレ」

椿の同僚、後輩の話に加わる。

ひたすら相槌を繰り返すだけの椿。

彩子の声「つまんなそうだけどね」

夏美の声「わかるわかる」

上司、再び椿に、

加山「春木くーん、矢印がグルグルしてるよー」

椿「はーい」

と、再び小走りで上司のデスクへ。

いつまでも一人だけバタバタしている椿。

コンビニ・店内

バイト中の紅葉、レジ打ちをしている。

会計を終え、店を去る客に、

紅葉「ありがとうございましたー」

と、見送ると、レジに持ち込んだタブレットでイラストを描き始める。

アルバイトの大学生・松井隼人（20）、

横のレジから紅葉の手元を覗いて、

松井「それいくらになるんすかー」

紅葉、気にせず描き続けながら、

紅葉「これは仕事じゃないやつだから、0円」

松井「まじか。お絵描きじゃん」

と、レジを離れる。

紅葉「……」

話を聞いていた店長・九条雅史（48）、

スーッと横に現れ、紅葉の手元を覗き見る。

九条「0円かぁ」
紅葉「でも、これをインスタで見て、良いなぁと思った人がすごいお金になる仕事をくれるかもなので。可能性に溢れた、0円です」
九条「夢があるとも言えるし、確証がないとも言えるね」
紅葉「好きなこと仕事にするってそういうことです。好きには確証がないんです」
九条「あらそう……バカにされたりするでしょ？」
バリバリ会社員やってる友達とかさ」
紅葉「(少し考えて)……そんなことないです」
九条「そっか。多様性の時代だもんねぇ」
と、適当に言ってバックヤードへ戻っていく。
紅葉「……」

美容院『スネイル』・店内(夕)

夜々が美容師として働く美容院。
カット台に座っている椿の元へ行き、
夜々「椿さん」
椿「(ビクッとして)はいっ」
夜々「本日担当します。深雪です。よろしくお願いします」
椿「……よろしくお願いします」

×　×　×

カットの準備をする夜々。
椿、店内に飾られた花が気になって凝視。
夜々「お花好きなんですかー？」
椿「はい、まぁ、好きですね。好きです」
夜々「いいですよねぇ。私も好きですー。買う予定もないのに、よくお花屋さん寄っちゃったりしてー」
椿「あ、花屋は嫌いです」

夜々「……ん？」

椿「花屋は嫌いなんです。花は好きなんですけど、花屋はちょっと……」

夜々、「なんだこいつ」と思いつつ、ケープの首元を気にして、

夜々「……苦しくないですかー？」

と、営業スマイルで準備を続ける。

椿「苦しくないです……（いろいろ思い出して）苦しかったんですよ、教室が嫌いで」

夜々「え？」

椿「学校の教室。教室というか、クラスというか。そういう集団の、単位」

夜々「はい……」

椿「同じ地域に同じ年に生まれたってだけで寄せ集められて、みんな友達、みんな仲良しって、あの感じ」

夜々「はい……」

椿「花屋も同じです。花ってだけで寄せ集められて、客のほうに顔向けられて、はい、綺麗でしょって」

夜々「なるほど……」

椿「学校嫌いです。同じくらい、花屋も嫌いです」

夜々「お花は、選ばれて買われていきますしね……」

椿「花束とかね、勝手にグループ作られちゃったりして」

夜々「（しみじみと）おんなじですねぇ……」

同・受付（夜）

カットを終え、受付にやってきた椿と夜々。

夜々、椿に会員カードを見せながら、

夜々「これ千円でスタンプ一つなので……」

と、説明を始めてすぐ、何かに気付いて固まる。
椿「……どうしました？」
会員カードに【春木 椿】と。
夜々「……すみません……私ずっと……下のお名前で呼んでました……？」
椿「呼ばれてました。お店のコンセプトかなって」
夜々、照れて、深々と頭を下げて、
夜々「……予約表見たとき、先に、椿って、椿さんって目に入って……勘違いして、すみません……」
椿「いや、全然。よく逆だと思われるんで」
夜々、受付にあるクーポン券が目に入り、
夜々「あっ、これよかったら次回使ってください」
と、トリートメントのクーポン券を見せる。
椿「……次回……」
夜々「……？」
椿「あっ、はい！ 次回！ また来ます！ 来ます！」
と、懸命に笑顔をつくる。
夜々「はい、お待ちしてます」
と、椿に会員カードとクーポン券を手渡す。
左手薬指に指輪が見えて、「だよなぁ」とちょっと落ち込みつつ、
夜々「（笑顔で）ありがとうございました！」
軽く会釈して店を出て行く椿。
美容師の先輩・谷本杏里（31）、受付に用があってやって来る。
出入り口の方を見て、ほくそ笑んで、
杏里「わざと下の名前で呼んだんでしょー」

夜々「（何度も首を横に振って）違います違います！」

警告するように自分の左手薬指を指さして、

杏里「やめなー」

夜々「いや、ほんとに……違うんですけど……」

杏里、聞く耳持たずに用を済ませて去っていく。

夜々と同期の美容師・相良大貴（26）、接客しつつ、心配そうに夜々と杏里の様子を見ている。

夜々、溜め息をついてスマホの電源を付ける。

ロック画面にアジサイの写真。

夜々「……（スマホを見つめる）」

カラオケボックス・個室（夜）

ゆくえ、中学生の数学のテキストを解いている。

ゆくえの友人・赤田鼓太郎（34）、廊下からゆくえのいる個室の中を覗き見ながら扉をノック。

ゆくえ、赤田に気付いて、

ゆくえ「おっ」

と、赤田に手招き。

すぐにまた問題の続きを解く。

赤田、入室。ゆくえが注文した飲み物や食べ物を勝手につまみながら、テキストを覗き見る。

ゆくえ「あっ間違った……」

と、間違った計算式をぐるぐるとペンで消す。

赤田「俺あれしたい。丸付け」

ゆくえ「解けない人に採点はできません」
赤田「いや、正解見ながらに決まってんじゃん」
ゆくえ「ただの間違い探しじゃないの。丸かバツかじゃないの。途中式のここまではできてるよーとかさ、」

赤田、リモコンを渡して、

赤田「歌わないの？」

ゆくえ、リモコンを受け取って、

ゆくえ「歌う」

と、ペンを置く。

二人、リモコンをいじる。

ゆくえ、チラッと赤田を見て、

ゆくえ「そのネクタイださいよ」
赤田「知ってる」
ゆくえ「じゃやめなよ」
赤田「くれたやつ」
ゆくえ「あっ彼女……ださいって言ってごめんなさい」

と、頭を下げる。

赤田「いいよー」
ゆくえ「ださいからヤダとか言えないの？」
赤田「言えなくないけど、今は波風立てたくないタイミングというか」

ゆくえ、思い付きで適当に、

ゆくえ「えーなに結婚とか？」
赤田「……」
ゆくえ「……？」

二人、顔を見合わせる。

赤田、ニコーッと笑う。

ゆくえ「……え！　えっえっ、うそ！」
赤田「ほんとー」
ゆくえ「えー！　わー！」

と、タンバリンを手にとって、赤田を祝福するように鳴らす。

赤田「どうもー」

ゆくえ、ウキウキしたままリモコンをいじり、

ゆくえ「ね！　安室ちゃんと木村カエラどっちがい？」

赤田「じゃあカエラで。潮の結婚式で俺、安室ちゃん歌うわ」

ゆくえ「聴きたいけど挙式の予定がない～」

と、リモコンで曲を入れる。

コブクロ『永遠にともに』。

赤田「(笑って) ねぇ！　カエラは!?」

ゆくえ「本番までのお楽しみね。ちゃんと練習して臨むから！」

と、歌い始める。

歌いながらも自由にしゃべる二人。

インテリアショップ・店内（日替わり）

店内を見て回る椿、二人掛けのソファの片側に座ってみる。

「うんうん」と満足気。

椿の恋人・小岩井純恋（36）、椿の後ろからやってきて、髪に軽く触れる。

純恋「ちょっと切ったー？」

椿、振り返って、

椿「ちょっと切った」

と、照れくさそうに自分の髪に触れる。

純恋、椿の顔を覗き込んで、ニコーッと笑う。

純恋「かわいい」

椿「電話大丈夫？　誰？」

純恋「森永くん」

と、椿の横に座る。

椿、「またか……」と表情が曇る。

椿「……最近、森永くん、仲良いね」
純恋「うん。別に、普通にご飯行くだけ」
椿「そっか。だよね」
純恋「椿くん、いないの？」
椿「ん？」
純恋「女の子の友達」
椿「(いないけど)……い、るよ。いる」
純恋「(笑顔で)だよね。いるよね」
椿「(作り笑顔で)いるいる」
純恋「テーブルいいのあったの。あっち」

と、椿の手を引く。
目当てのテーブルまで手を繋いで歩く二人。

純恋「4人がけがいいなぁと思うの」
椿「そうだね」
純恋「たぶん、あの二階のー、南側かな？　子ども部屋二つ作れると思うし」
椿「そうだね」
純恋「5人になっちゃったらどうしよ」
椿「それはそれで」
純恋「それはそれで楽しいからいっか」
椿「そうだね」

顔を見合わせて笑う。

ゆくえのアパート・リビング（夕）

同居しているゆくえの妹・潮このみ(26)、洗濯物を畳みながらテレビを見ている。
ゆくえ、キッチンで食器を片付けている。
二人、それぞれ手を動かしながら会話。

このみ「えっ、赤田さん彼女いんだー」
ゆくえ「結婚よりそっちの驚きなんだ」
このみ「だってお姉ちゃん、夜な夜な、度々、二人で、密室で、密会……」

ゆくえ「(呆れ笑いで) カラオケね」
このみ「密室で密会……」
ゆくえ「(適当に) カラオケねー」
このみ「ほんとに友達なんだー」
ゆくえ「友達以外の何があるの」
このみ「(大真面目に) どっちかは……いや両方？　そういう好きかなって。ラブのほう」
ゆくえ「(大真面目に) 気持ち悪いこと言うのやめて」
このみ「(赤田さんの彼女は) 大丈夫なのー？」
ゆくえ「なにが？」
このみ「んー、大丈夫ならいいんだけどー」
ゆくえ「？」

結婚式場（夕）

赤田、婚約者・白石峰子（30）と結婚式の打ち合わせに来ている。
隣り合って座り、プランナーを待つ二人。
峰子、招待状リストの中の名前に目が留まって、

峰子「……潮さん……」
赤田「潮？　うん、呼ぶよ」
峰子「……ゆくえさんっていうの……？」
赤田「うん。潮ゆくえ」
峰子「よく二人でカラオケ行ってる、あの潮さん？」
赤田「うん。潮ゆくえ」
峰子「え？」
赤田「え？」
峰子「……女？」
赤田「(平然と) うん」
峰子「(表情が強張り) ……」
赤田「……え？」

重い沈黙。

春木家・外観（日替わり）

一軒家の前に引っ越しのトラックが停まっている。

同・リビング

椿と純恋の新居に引っ越しの荷物が次々と運び込まれる。

椿、スマホで純恋に電話をかけるが、出ない。

椿「（ちょっと不安）……」

【こっちは順調だよ！　待ってるね！】とＬＩＮＥを送る。

美容院『スネイル』・受付（夜）

夜々、黙々と閉店作業をしている。

相良、店内に落ちている椿の社員証を拾う。

忘れ物をまとめた箱に適当に投げ入れる。

杏里、先に仕事を終え、退勤。

杏里「お疲れ様ー」

夜々「お疲れ様でしたー」

相良、周りに人がいないのを確認して夜々の元へ。

相良「いびられてたね」

夜々、杏里のことだと察して、手を動かしながら、

夜々「慣れた」

相良「慣れるの？」

夜々「昔からそうだから。勘違いされるのも、決めつけられるのも、全部慣れた」

相良「でも、傷つきはするでしょ」

夜々「（たしかに）……」

相良「傷つけられるのに慣れても、傷つかなくなるってことないでしょ」

夜々、泣きそうになって、目をそらしたまま、

夜々「届くまでに変換されちゃうんだよ」

相良「なにそれ」

夜々「悩みとか不満とか話しても、相手に届くまでに嫌味とか自慢とかに変換される。女の子には特に」

相良「じゃあ聞くよ。俺、女の子じゃないし」

二人、目が合う。

カラオケボックス・個室（夜）

ソファにうつ伏せに寝そべって選曲しているゆくえ。扉をノックする音がして顔を上げる。

赤田が外からこちらを覗き見ている。どこか浮かない表情。

ゆくえ「おっ」

と、赤田に手招き。

赤田、扉を10センチほど開けて、半分だけ顔を見せる。

赤田「……潮」

ゆくえ、赤田がふざけていると思って笑いつつ、

ゆくえ「つまんないよ。入んなよ」

赤田、その状態のまま、

赤田「密室だから」

ゆくえ、訳が分からず、

ゆくえ「ん？　風邪ひいてんの？」

赤田「ううん。健康」

ゆくえ「じゃあ、入んなよ。歌お、食べよ」

赤田「今日は……別れ話をしに、来て」

沈黙。

ゆくえ「……ごめん、あの、本気で、まじなやつで言うけど……私たち付き合ってたっけ？」

赤田「付き合ってない（と即答）」

ゆくえ「（ホッとして）だよね。びっくりした。あー、びっくりした。びっくりびっくり」

赤田「結婚することになって」

ゆくえ「聞いたよ」

赤田「うん。だから……うん」

ゆくえ「うん」

赤田「潮とはもう、会えない」

ゆくえ「……ん？」

赤田「彼女が、結婚する人が、その……会うな、と」

ゆくえ「……」

赤田「二人で会うな、密室で会うな、と……」

ゆくえ「……友達」

赤田「うん。言った。ちゃんと説明した。潮は友達。一回もそういうのないって言った」

ゆくえ「で？」

赤田「でもダメって」

ゆくえ「なんで？」

赤田「……女の子だから」

ゆくえ「……なにそれ……しょうもな……」

赤田「価値観てそれぞれだから。自分的にはしょうもないことでも、誰か的には常識で、正義で、絶対ってことあるんだよ」

ゆくえ「それは、そうかもだけど……（自分と赤田を交互に指さして）ここは、私と赤田は一緒じゃん。そういうの、常識とか正義とか、一緒」

赤田「でも、これから一緒に生きようと思ってる人は違くて、こういうの、許せない人で」

ゆくえ「……しょうもな」

赤田「しょうもないけど、好きだから」

ゆくえ「……」

赤田「価値観が違うのは、どっちかが寄り添うしかないっていうか。だから……ごめん」

ゆくえ「……」
赤田「ごめん」
ゆくえ「……赤田と友達やめたら、」
赤田「……」
ゆくえ「スタバの新作、誰と飲めばいいの」
赤田「一人で飲めるでしょ。大人なんだから」
ゆくえ「髪切ったあと、服買ったあと、変じゃないか誰に聞けばいいの」
赤田「美容師さんと店員さんに聞きなよ」
ゆくえ「新しく買ったスタンプ、試しに送る相手……」
赤田「芸能人の公式のやつとかあるから。ああいうのに送って。ちゃんとすぐ返信くるし」
　沈黙。
赤田「……あとは?」
ゆくえ「……赤田が女の子ならよかった」
赤田「……」

ゆくえ「赤田が女の子だったら……あ、ごめん。私が男ならよかったのか。ごめん勝手にそっちの性別勝手に、ごめんごめん」
　と、笑って、リモコンを適当にいじり始める。
赤田「今度生まれ変わったら、女の子になるから」
ゆくえ「……」
赤田「そしたらまた、友達になろうね」
　ゆくえ、マイクを使って、
ゆくえ「それはちょっとキモいな」
赤田「うん。自分でもちょっとキモいなって思った。言ってすぐ思った」
　二人、いつもみたいに顔を見合わせて笑う。
　ゆくえ、リモコンで曲を入れる。
　木村カエラの『Butterfly』。

赤田「……」
イントロが終わって歌い出すゆくえ。
画面に映る歌詞を見たまま、赤田に向かって小さく手を振る。
赤田、同じように手を振って、少しだけ開けていた扉を閉め、帰って行く。
一人、歌い続けるゆくえ。
泣きそうになるが、堪えて淡々と歌う。

春木家・リビング（夜）

広い部屋に一人分の荷物と、新品の家具たち。
椿、アイスキャンディーを食べながら4人がけのダイニングテーブルに腰掛ける。
スマホの着信履歴を見る。
【小岩井純恋】に5分おきに電話をかけているが、すべて不在着信。ＬＩＮＥは既読無視。
椿「……（深く溜め息）」
【小岩井純恋】から着信。慌てて電話に出て、
椿「純恋？　大丈夫？　なんかあった？　あ、お迎え行くね。どこ？　駅？」
純恋の声「……ごめん」
椿「大丈夫、大丈夫……え、大丈夫？」
純恋の声「お迎え、来なくて大丈夫」
椿「そっか。わかった。もう向かってるの？」
純恋の声「向かってる。森永くんち」
椿、「え？」と思いつつ平静を装って、
椿「……森永くんの家には、行かなくていんじゃないかな。行かなくていいと思うな……」
純恋の声「ごめん」
椿「ううん。大丈夫……いや……え？」
純恋の声「友達じゃなくなっちゃった」

椿「……」

純恋の声「森永くん、ほんとに友達だったんだけど、もう友達じゃなくなっちゃった」

椿、意味を察するが、信じたくなくて、

椿「あー喧嘩でもした？　大丈夫大丈夫！　仲直りできるよ！　ほら！　友達って、そう簡単に友達じゃなくならないから！」

純恋の声「そうじゃなくて」

椿、正気に戻って、

椿「……そうじゃないほうだよね。だよね。うん、わかってる……えっと、純恋は、うちには、」

純恋の声「行けない」

椿「結婚は、」

純恋の声「できない」

椿「(声が出ず)……」

純恋の声「ごめんなさい。ほんとにごめんなさい」

椿「(声を振り絞って)……はい」

純恋の声「椿くんとも……」

椿「ん？」

純恋の声「椿くんとも、友達ならよかった」

椿「……」

純恋の声「友達なら、三人でもいいのにね。恋愛って二人組つくる作業でしょ？　ごめんね、苦手なんだ、二人組」

椿「……大丈夫。俺も苦手だから、二人組」

純恋の声「一緒だね」

椿「……俺のこと、好きだった？」

純恋の声「良いなぁって思ってたよ。ほんとに、良い人だなぁって」

椿「……そっか」

純恋の声「うん。バイバイ」

椿「……バイバイ」

電話が切れる。

椿、広い部屋に一人立ちすくむ。

こもれび出版・外

紅葉、編集者・馬場信介と話しながら外に出てくる。

馬場「ごめんねー、他のイラストレーターさん、もう決まってるからー」

紅葉「え……なんで俺じゃダメなんですか？」

馬場、立ち止まって、

馬場「佐藤くん、上手だと思う。良い絵、描くと思う」

紅葉「……はい」

馬場「でもね、大事なのは、良さより、好きになってもらえるかなのね」

紅葉「……」

馬場「好きになってもらえる絵、描けるようになってね」

と、言い残して立ち去る。

紅葉「……」

紅葉のスマホにＬＩＮＥの通知。

高校の同級生が複数人参加しているグループＬＩＮＥに、【今年も年末集まろ！】と、メッセージ。

【集まりたい！】【賛成】【たのしみー】【絶対参加する！】など、一気にみんな反応している。

一人が【今年の幹事どうする？】と送った途端、急に誰も話さなくなる。

紅葉、「いつものだ……」と思い、【俺やるよ！】と送信。

【ありがとう！】【よろしく】【さすが佐藤】【いつもありがと！】【紅葉なら慣れてるから安心】と、急にみんなしゃべり出す。

紅葉「……（小さく溜め息）」

駅・改札前（夜）

夜々と相良、改札に向かい歩いて来る。

相良「全然いいよ、また飲み行こ、二人で」

夜々「ごめん、愚痴ばっかで」

改札前まで来て立ち止まり、

夜々「うん、ありがと。また」

と、手を挙げると、相良にその手を掴まれる。

夜々、驚いて、

夜々「えっなにっ」

相良「いいよ」

夜々「……いいよ？」

相良「うちすぐそこだから」

夜々「……だから？」

相良「行こ」

夜々、「そういうことか」と思い、

夜々「……行きな。私は、電車だから……」

相良「え？」

夜々「え？」

相良「は？」

夜々「は？　てか、ごめん、手……」

と、手を離す。

相良「……そういうことじゃないの？」

夜々「じゃないよ……ね？　ないよね？」

相良「じゃあ、なんで二人で会ってくれたの？」

夜々「だって、相良くん、別に、普通に友達だし……」

相良「別に、普通に、」

夜々「友達……」

沈黙。

相良「夜々ちゃん……気を付けたほうがいいよ」

夜々「なにを……」

相良「（諭すように）軽い気持ちで、男と二人で会うの、良くないよ」
夜々「いや、私は、ほんとに友達だと思って……」
相良「（さらに諭すように）友達っていうのを、自分が男と遊ぶ言い訳にするの、良くないよ」
夜々「……」
夜々、「もういいや」と思って、何も言わずに改札へ歩き出す。

カラオケボックス・受付（夜）

ゆくえ、受付に伝票を出し、会計しようとする。
店員「216号室、2名様、5時間ですね」
ゆくえ「あ、一人です。来る予定だった人来なくて、来たけど、歌ってなくて」
店員「歌ってなくてもご入室されたのであれば……」
ゆくえ「いや、ご入室してないです。扉の外で、こうやって、この状態で話しただけで！　一歩も入ってないです！　二人きりになってません！」
と、扉の隙間から向こうを覗く動作をする。
店員「（困って）……」
ゆくえ、我に返って、
ゆくえ「……二人です。二人分、払います。すみません」
渋々二人分の支払いをするゆくえ。
×　×　×
ゆくえ、店の外に出ると外は雨。
相合傘をした男女が目の前を通り過ぎて行き、
ゆくえ「……」
ゆくえM「二人というのは難しい。あらゆる人数の中で、二人というのは特殊で、二人である人たちには、理由や意味が必要になる」

春木家・リビング（夜）

ゆくえM「二人は一人より残酷」
椿、一人黙々と荷解きをしている。
ペアで買ったパジャマやスリッパが出てきて、

椿「……」
ピンクの方や小さい方を箱に戻す。

ゆくえM「二人は、一人いなくなった途端、一人になる。もともと一人だったときより、確実に孤独な、一人になる」

通り（夜）

ゆくえM「二人は強いに決まってる」
夜々、最寄り駅からの帰り道を傘を差して歩く。
夜道でイチャつく男女のカップルを横目に、

夜々「カタツムリになりたい。カタツムリになりたい。カタツムリになりたい……」
と、小声で何度も呟き、足を速める。

ゆくえM「一人の人間は、二人の人間がいないと、生まれない」

コンビニ・店内（夜）

夜のコンビニ。外は雨。
バイト中の紅葉、レジでスマホを見ている。

ゆくえM「逆に、三人以上の複数人というのは、一人の集合体でしかない」
紅葉、とりあえず参加しまくっているＬＩＮＥグループを片っ端から見ていく。

他のみんなが退会してメンバーが自分一人になっているグループもちらほら。
アルバイトの大学生・園田拓真（20）、紅葉のスマホを覗き込んで、
園田「（鼻で笑って）グループなのに一人になってるじゃないですか」
と、言い残して自分の仕事に戻っていく。
紅葉「……」
ゆくえM「個々の価値は間違いなく、二人のときが一番強い」

通り（夜）

ゆくえ、傘をさし一人で帰り道を歩いていく。

学習塾『おのでら塾』・教室（日替わり）

自習中の希子。
ゆくえ、窓際に置かれた花をぼんやり見ている。
ゆくえ「……」
希子、ゆくえの様子が気になって、
希子「……なんかあった？」
ゆくえ「フラれた」
希子「（驚いて）……彼氏いたの？」
ゆくえ「友達にフラれた」
希子「なにそれ」
ゆくえ「別れ話された。もう会えないって」
希子「なにそれ」
ゆくえ「ほんとなにそれだよ……高校のとき塾が一緒だった友達なの。学校にはいなかった、二人でなんでも話せる友達」
希子「それは……つらいね」
ゆくえ「つらいよ……これ絶対失恋よりつらいよ……」

希子「その友達と会えたから、だから塾の先生になったの？」
ゆくえ「その元トモだけが理由じゃないけど……」
希子「元カレみたいに言うじゃん」
ゆくえ「でもやっぱ、学校より塾が好きっていうのはあるね」
希子「ふぅん……浮気してなかったの？」
ゆくえ「浮気？」
希子「他にいないの？　その元トモくらい好きな友達」
ゆくえ「（考えて）……」

フラワーショップはるき・外観

椿の実家が営む花屋。

同・店内

花を買いに来たゆくえ、店内をうろうろしていて、ガーベラに「懐かしいなぁ」と見入る。

店員である椿の母・春木鈴子（63）、

鈴子「いらっしゃいませー。ガーベラ好きなの？」
ゆくえ「好きです。好きな人の、一番好きな花です」
鈴子「あらー、良い理由。贈り物？」
ゆくえ「はい。ちっちゃめの花束とかって」
鈴子「はいはい。お花届けるお家、遠い？」
と、話しながら花を見繕う。
ゆくえ「あー、桜新町のはずです」
鈴子「（ゆくえを見て）桜新町？」
ゆくえ「はい」
鈴子「……お姉さん、ちょっとまけるから、おつかい頼んでもいい？」
ゆくえ「おつかい？」
鈴子「桜が嫌いなのに桜新町に越した子がいて。理想のお家見つけたからって」
ゆくえ「？」

春木家・玄関

チャイムが鳴り、玄関の扉を開ける椿。
扉の向こうに立っていたのは紅葉。
二人、少し目が合って。

紅葉「……あれ？」
と、スマホで住所を確認する。

椿「えっとー……」
紅葉「あっ、先生の旦那さんですか？」
椿「旦那さんじゃないです。旦那さんになれませんでした。旦那さんになれませんでした！」
紅葉「ごめんなさい……」
椿「……え、純恋のお友達ですか？」
紅葉「スミレ？」
椿、「違うのか……」と思って、
椿「……前に住んでた方と間違えてませんか？僕、最近越してきたんで」
紅葉「あ、引っ越し……」
と、会えないことにかなり落ち込んだ様子。
椿、少し気になるが、
椿「はい……すみません……」
紅葉「……すみませんでした……」
椿「すみません……」
肩を落として春木家を後にする紅葉。
椿「……」
気になって、少し紅葉の姿を見送る椿。
ゆくえ、紅葉と入れ替わりに逆の道から春木家の前にやってくる。

　ガーベラの小さな花束をふたつ抱えている。
　椿、ゆくえに気付き、目が合う。
椿「（花束だ）……」
ゆくえ「あ、春木さんのお宅ですか？」
椿「そうですけど……純恋のお友達ですか？」
　ゆくえ、持っている花束に目をやって、
ゆくえ「……ガーベラとスミレ、お友達なんですかね？　わかんないです……」
椿、「通じてないから違うな……」と思う。
ゆくえ「友達かどうかは本人の意思によるものだと思うので……」
椿「そうですかね。本人がそう主張しても、違うってことはありますからね」
ゆくえ「え？　……あ、私、これを渡しに」
　と、花束を一つ差し出す。
椿「え？」
ゆくえ「フラワーショップはるき」
椿「……」
ゆくえ「おつかい頼まれまして。お母さまからです！　ご結婚、おめでとうございます！」
　と、もう一つの花束を小脇に抱えて笑顔で拍手。
　椿、否定できず受け取り、
椿「……すみません、お客さんに、こんなこと」
ゆくえ「いえ、配達が立て込んでるとかで」
椿「すみません……」
ゆくえ「これ安くしてもらっちゃったので、こちらこそすみません。ありがとうございます」
　と、もう一つのガーベラの花束を見せる。
椿「それはどちらに……」
ゆくえ「これから昔の友人に。家この辺りのはずなんで」
椿「そうですか……」

ゆくえ「はい。じゃあ、」

と、帰ろうとすると、紅葉が家の前に戻ってくる。

紅葉、ゆくえに気付いて、

紅葉「……ゆくえちゃん？」

ゆくえ「えっ、紅葉」

椿「(また来た)……」

紅葉、ゆくえと椿を交互に見て、

紅葉「え？　え……え？（ゆくえに）旦那さん？」

椿「なれなかったって言いましたよね？」

ゆくえ「ううん、初対面。えっびっくり、なに、紅葉東京にいんの？」

紅葉「うん。え、ゆくえちゃんも？」

椿「(割って入って)すみません、なんでまた？」

ゆくえ「(紅葉に)え、ここ知り合い？」

紅葉「あ、ここは、さっき知り合って……（チラッと椿を見て、ゆくえに）友達」

椿「友達ではないです。さっき知り合ったんで……え、なんですか？」

紅葉、自分の連絡先の書いたメモを椿に渡して、

紅葉「あの、前住んでた人のこと、なんかわかったら連絡もらえませんか？　手紙が間違って届いたとか、なんか、なんでも」

椿「わかりました……たぶんなんもわかんないと思いますけど」

紅葉「わかったら、お願いします」

椿「わかりました……」

ゆくえ「人捜してんの？」

紅葉「うん。住所しかわかんないんだけど、引っ越しちゃってて」

ゆくえ「そうなんだ」

椿「……」

ゆくえ・紅葉「……じゃあ」

　と、二人帰ろうとすると、夜々が家の前にやってくる。

夜々「(誰だろう)……こんにちは」

ゆくえ・紅葉「(誰だろう)……こんにちは」

　椿、閉めかけていた扉を開けて、

椿「(あの美容師とわかって)……あ……え？純恋のお友達なんですか？」

夜々「スミレ？」

　椿、「違うんだな」と思って、

椿「いや……」

夜々「(チラッとゆくえを見て、椿に)奥さまですか？」

ゆくえ「いえ、初対面です。独身です」

椿「同世代の男女ってだけで関係性決めつけるのよくないですよ……」

紅葉「(軽く)わかります、よくないです」

夜々「(強く同意して)よくないですねぇ……ほんとよくない……」

椿「お二人のこと言ったんですけどね」

夜々「あ、すみません、私これを」

　と、椿に会社の社員証を手渡す。

夜々「お店の落とし物です。お電話繋がらなかったので、ポストに入れとこうと思って」

椿「……なくしたことにも気付かなかったです、有休消化中で……ありがとうございます」

夜々「いえ」

椿「……じゃあ」

ゆくえ・夜々・紅葉「……じゃあ」

　三人、春木家を去ろうとする。

　椿のスマホにＬＩＮＥの通知。文面を読み、

椿「(ゆくえに)……あの」

　ゆくえ、夜々、紅葉、三人そろって振り

返り、

ゆくえ・夜々・紅葉「はい」

椿「えっとー……（小声で）誰も名前わかんない……美容師さんじゃなくて、彼じゃなくて、」

ゆくえ「……あ、私？」

椿「はい。母が、ありがとうって、配達」

ゆくえ「いえいえ、よろしくお伝えください」

椿「お茶でも出せって」

ゆくえ「お茶」

椿「コーヒーでも紅茶でも、お時間あれば」

ゆくえ「あー……じゃあコーヒーがいいです」

と、家の方へ戻る。

紅葉「え、飲むの？」

ゆくえ「せっかくだから。一杯だけ」

ゆくえ、玄関の前までやってくる。

椿、いろいろ考えが巡って、少し開けていた扉をパタンと閉める。

ゆくえ「（驚いて）え？」

椿「（真剣に）恋人いますか？」

ゆくえ「ん？」

夜々・紅葉「（は？）」

椿「（真剣に）独身とは言ってましたけど、付き合ってる人はいますか？」

ゆくえ「（サラッと）いません」

椿「（ホッとして）そうですか。僕もです。どうぞ」

と、扉を開け、招き入れる。

ゆくえ「おじゃましまーす」

椿「どうぞー」

紅葉「待って待って待って。待って！」

ゆくえ・椿「ん？」

夜々「なんで確認したんですか？　わざわざ、恋人の有無、わざわざ！」

椿とゆくえ、それぞれいろいろと思い出

して、

椿「（渋い顔で）いると厄介なんで……」

ゆくえ「（渋い顔で）いると厄介ですよね……」

紅葉「そういう前提で家にあげるんですか？」

椿「そういう？」

ゆくえ「どういう？」

夜々「奥さまになんて説明するんですか？　この人恋人いなくて独身だからお茶出すね〜って言うんですか？　奥さま混乱しますよ！」

椿「……奥さま……」

ゆくえ「あ、奥さまにご迷惑なら、私は全然」

紅葉「奥さまにご迷惑だと思う。ゆくえちゃん嫉妬されちゃうと思う」

椿「……いません」

夜々「奥さまいて彼女いないの当たり前ですよ」

椿「奥さまいません」

ゆくえ「奥さまお買い物ですか？」

椿「住んでいません」

紅葉「あ、奥さま地方に残して単身赴任だ」

椿「独身一人暮らしです」

夜々「え？　でも……」

と、椿の左手を指さす。

椿、薬指の指輪を見て、

椿「忘れてた……」

と、指輪を外して、

椿「（ゆくえに）ちょっと……失礼……」

と、玄関を出てすぐの庭へ。

軽く土を掘って指輪を埋める。

ゆくえ「え？」

椿、指輪に土をかぶせて、合掌。

ゆくえ、夜々、紅葉、顔を見合わせて、

ゆくえ・夜々・紅葉「（まじか）……」

と、合掌。

×　　×　　×

庭の指輪を埋めたあたりに【オクサマ】
と書いたアイスの棒が刺さっている。

同・リビング

椿、キッチンでコーヒーを入れる。
ダイニングテーブルにパソコンとマグカ
ップ。
さっきまで椿が座っていた様子。
リビングに入って来たゆくえ、夜々、紅
葉の三人、どこに座るかお互いに様子を
窺う。
ゆくえ、「隣はなぁ……」と思って椿の
前の椅子に。
紅葉、ゆくえが座ってすぐその隣の椅子
に。
夜々、空いている椿の隣の椅子に。
椿、コーヒーを持ってテーブルへ。元居
た椅子に掛ける。

ゆくえ・夜々・紅葉「いただきます……」
コーヒーを一口飲んで一息つく4人。
それぞれに様子を窺いつつ、

ゆくえ「(椿に) なんかごめんなさい、こんなほ
やほやの初対面なのに……ごめんなさい」
夜々「ごめんなさい」
紅葉「ごめんなさい」
椿「いえ、人と話してるほうがまだ、気が紛れる
んで。初対面好きだし、初対面は得意なん
で……」
ゆくえ、「重症だなぁ……」と思って、
ゆくえ「大丈夫です。私も、フラれたて、ほやほ
やです」
紅葉「(驚いて) ……そうなの?」
ゆくえ「そうなの。友達に」
紅葉「友達?」

ゆくえ「男友達が結婚決まって。そしたら、もう会えないって言われて」
紅葉「なにそれ」
ゆくえ「なにそれなの」
椿「とても真摯で、常識があって、良いお友達ですね。（小声で）森永くんと違って……」
ゆくえ「良いお友達でした。もう、会えませんが……ほんとに良い友達でした」
紅葉「友達って結婚したら会っちゃダメなの？」
椿「結婚相手のことを考えたら会わないべきですよね。（小声で）森永くんは何も考えてなかったけど」
夜々「男女が二人で会うのがダメってことですよね？」
ゆくえ「そういうことみたいです」
紅葉「え、なんで。二人で会えるなんて理想的でしょ」

ゆくえ「だよね？　理想ぶっ壊されたの。結婚のせいでこの世界から友情が一つ消えたの……」
夜々「（疑いの目で）ほんとに友達だったんですか？」
ゆくえ「ほんとに友達でした。友達として、好きでした」
夜々「向こうもですか？」
ゆくえ「赤田もです」
夜々「ほんとかなぁ……」
椿「男女が二人でいたら大概……」
夜々「（椿に）大概ですよね。（ゆくえに）大概ですよ」
紅葉「大概なんですか？」
夜々「大概は恋です。恋っていうか下心です」
紅葉「恋と下心違うの？」
夜々「綺麗に言うと恋。正直に言うと下心。もっと正確に言ったら性欲です」

ゆくえ「（ムッとして）赤田は性欲じゃありませんし」
椿「……二人って嫌ですよね……」
ゆくえ「二人？」
夜々「……」
紅葉「……」
椿「昔から、二人っていう単位に、いつも、ずっと苦しめられてて……」
　４人、それぞれ思うところがあって、少しの沈黙。
　ゆくえ、立ち上がりキッチンへ。
ゆくえ「はーい。好きな人同士で二人組をつくってくださーい」
　椿、夜々、紅葉、「え？」とゆくえを見る。
　ゆくえ、キッチンにある椿に渡した花束を持って、
ゆくえ「花瓶あります？」
椿「……あ、あれです」
　と、キッチンの隅の花瓶を指さす。
　ゆくえ、花束の包みを取り、花瓶に生けながら、
ゆくえ「私、塾で先生してるんですけど……学校の先生にならなかった理由です」
椿・夜々・紅葉「……」
ゆくえ「学校はお友達つくって、人間関係を学ぶところだから。だから……子供たちにソレ、私は教えられないなと思って、学校の教員にはなりませんでした」
　と、花瓶を持ってテーブルに戻ってくる。
　三人、それぞれ思うところがあって黙る。
ゆくえ「あ……すみません、なんかちょっと話違うか。違いますね」
椿「あれ、怖いですよね、いつも必死でし

た……」
夜々「仲良しグループが奇数のときの、あの心理合戦で寿命だいぶ縮んだと思います……」
紅葉「……」
　ゆくえ、紅葉が黙っているのを見て、
ゆくえ「……紅葉はね、関係ないね。（椿と夜々に）あ、この子、幼馴染で。昔から誰とでも仲良くなれて、全人類友達で。ね、縁のない話だね」
紅葉「……縁ないんだよね、二人組」
　と、カップを持って立ち上がりキッチンへ。
　コーヒーを注ぎ足しながら、
紅葉「大人数でワイワイ楽しく薄っぺらい会話する友達はいっぱいいるけど、二人ってなると……」
ゆくえ「……」
　紅葉、キッチンで立ったまま、
紅葉「嫌われてるわけじゃないけど、でも、誰も好んで自分を選ばないし」
椿「……」
紅葉「興味すら持たれないから、いじめられもしないし」
ゆくえ「……」
紅葉「いてもいなくても同じで、いると便利なときだけ使われる」
夜々「……」
　紅葉、テーブルに戻り、ヘラヘラと笑って見せて、
紅葉「別にいんですけどね。同窓会の幹事してれば、みんなと友達でいられるんで」
　沈黙があって。
　夜々、理解はできるがイラッとしてしまい
夜々「嫌でも興味持たれて、いるだけで目立って

みたいですか?」
紅葉「(夜々を見て) え?」
夜々「小5だったかな。一番仲良しだと思ってた女の子に、ペアになろって声かけたら……(ちょっと笑ってしまって) もう引き立て役やりたくないって断られたことあります」
紅葉「……」
夜々「一人で残っちゃうの嫌で……自分のこと好きってわかってる男の子に、絶対断られない子に、こっちから声かけてペアになってもらいました。女の子たちがこっち見てなんか言ってて、聞こえないけど、何言ってるかわかるやつでした」

椿、キッチンからコーヒーを持ってきて、夜々のカップにコーヒーを注ぎ足す。

夜々「(椿を見る) ……」
椿「僕は、ペアを組む契約を交わした後に、やっぱりあの子にするって契約破棄されたことあります。何度もあります。昔からそうなんですよね。みんなの良い人にはなれるのに、誰か一人の、一番好きな人にはなれなくて」
夜々「……」

4人そろって着席して、再び沈黙。
ゆくえ、重い空気に反省して、

ゆくえ「……ごめんなさい。学校が嫌いで塾講師になりましたーって軽い自己紹介のつもりだったんですけど……みなさんの嫌な記憶……」

椿、夜々、紅葉、うつむいてコーヒーをすする。

ゆくえ「二人組つくれなんて命令、もうないのに。なのに、上手に二人組作れないと、大人になっても……(ふと気付いて) そっか、だから学校でソレやるのか。なるほど……それが上手にできずに、こぼれ落ちちゃったんですね、私たち」

と、苦し紛れに笑う。

椿・夜々・紅葉「（否定できず）……」
ゆくえ、笑うのをやめ、うつむいてコーヒーを飲む三人を見渡して、
ゆくえ「……二人組になれなかった、4人……」
その言葉に思わず全員顔を上げる。
ゆくえ「4人全員、余っちゃったひとり……」
ゆくえ、椿、夜々、紅葉、それぞれの顔を見合わせる。
ゆくえ「……」
椿「……」
夜々「……」
紅葉「……」
ゆくえ、「また余計なこと言った……」と思い、急いでコーヒーを飲み干して、
ゆくえ「……帰ります。ごちそうさまでした」
と、立ち上がる。
椿「あ、お花……」

と、テーブルの上の花束を気にかける。
ゆくえ「ありがとうございます……」
椿「忘れ物、気をつけてください……二度目、苦手なんで」
ゆくえ「二度目?」
椿「こんなに、こんな話したの、初対面で二度目がないからです……もう会わないってわかってるからしゃべれるんです。どう思われてもいいから……」
夜々「……」
椿「はい、なので、忘れ物しないでください。じゃあ」
と、玄関を「どうぞ」と案内する。
紅葉「ごちそうさまでした」
夜々「ごちそうさまでした……」
椿に続くゆくえと紅葉。
夜々、リビングのゴミ箱に美容院の会員

カードとクーポン券が捨てられているのを見つける。

夜々、「やっぱり……」と思い、そっと拾ってから玄関へ。

ダイニングテーブルにカップが4つ。

通り（夕）

ゆくえ、ぼんやりしながら帰り道を歩く。

ゆくえ「……」

一息ついて気持ちを切り替え、電話をかける。

ゆくえ「あ、美鳥ちゃん？　久しぶりー。ねぇ、お家、桜新町だよね？　今たぶん近くで……え？　北海道戻ったの？　そっか、そうなんだ……」

ゆくえ、花束を見て、残念そう。

ゆくえ「いつでも会えるって思ってちゃダメだね……今度遊びに行くね。また連絡する」

と、電話を切り、小さく溜め息。

またとぼとぼと歩き出す。

通り（夜）

夜々、帰宅途中。高校の同級生・山根由梨（26）に電話をかける。

夜々「（空元気で）もしもーし、暇？　ご飯行こうよ！」

由梨の声「ごめん、今彼氏と二人なんだわ」

夜々「あーそっかそっか。一人で暇しててさ」

由梨の声「他に相手いくらでもいるでしょー」

夜々「急に誘えるの由梨くらいだって」

由梨の声「いやいや、夜々が会いたーいって言ったら、喜んで来る男いっぱいいるでしょ。初回無料トライアルみたいなストックがさー」

夜々「いないよ、そんなの……」

由梨の声「別にいいじゃん。自分のスペックなんだから有効活用すれば」

夜々「（呆れて）……だよね。ありがと。またねー」

と、気丈に振る舞い、電話を切る。

歩きながらじわじわと泣けてくる。

大通りまで出てくると、

男「あれ？　お姉さん泣いてる？　大丈夫？　一人？」

と、いかにもナンパ中の男から声をかけられる。

夜々、無視して真っ直ぐ歩き続ける。

男「ねぇ、一人？　お姉さん一人？」

と、夜々の後ろをしつこくついてくる男。

夜々、沸々と怒りが沸いてきて、振り返り、

夜々「二人に見えんのかよ!!!」

と、怒鳴りつけて歩いて行く。

紅葉のアパート・中（夜）

紅葉、夕飯を食べようと、やかんに火をかけ、カップ焼きそばの蓋を開ける。

スマホに着信。【梅田くん】と。

紅葉「……もしもし？」

梅田の声「佐藤〜。久しぶり〜」

紅葉「久しぶり……なに？」

梅田の声「これからサシで飲まない？」

紅葉「え……あ、うん、飲む飲む！」

と、嬉しそうに火を止めて、ソースやかやくをカップに戻してラップをかける。

梅田の声「ねぇ、お水ってどうしてる？」

紅葉、バタバタと出かける準備をしながら、

紅葉「水？　水って？」

梅田の声「良いお水あんの。すっごい良いお水なの」

紅葉「……あー……（前にもこんなことあったなぁ）」

梅田の声「今なら初回無料トライアルで……」

紅葉、電話を切って、スマホを放り投げる。

コンロに火をつけ、カップ焼きそばのラップを剥がす。

紅葉「……」

カラオケボックス・個室（夜）

ゆくえ、一人でカラオケにやって来る。

ドリンクバーのメロンソーダとただの水が入ったコップをそれぞれ両手に持って個室に入る。

ゆくえ「お水だよ〜」

と、花束の包みを取る。

水が入ったコップに生けるつもりがメロンソーダの方に挿してしまって、

ゆくえ「あっ、間違った」

と、すぐに水の方に挿し直す。

ガーベラがこっちを向いていて、

ゆくえ「……」

視線を逸らして、花束の包みをぐちゃぐちゃにしてゴミ箱に捨てる。

春木家・リビング（夜）

椿、ゆくえが置いて行った花束の包みを小さく折り畳む。

棚から新しいゴミ袋を一枚出して、花束の包みやコーヒーのパックを捨てていく。

ダイニングテーブルに戻り、元の位置に座る。

テーブルの上のガーベラがこっちを向いていて、

椿「……」

視線を逸らすように、コップの向きを変える。

キッチンに洗ったばかりのペアカップが二組。

了

2

［回想］小学校・5年2組教室
小学5年生のゆくえ、算数の授業を受けている。
私語を注意される子や教科書に落書きをしている子がいる中、真面目に問題を解いている。

ゆくえM「小学校も、中学校も、高校も。とにかく全部頑張った。ちゃんと勉強して、ちゃんと先生の言うことを守って、ちゃんと友達と仲良くした」

×　　×　　×

ゆくえを含めた同じクラスの女子4人グループ。
一つの机に集まって、みんなで楽しそうに交換ノートを見ている。

ゆくえM「ちゃんと笑って、相槌を打って、褒めて、遊んで、宿題を見せて、テスト範囲を教えて、友達の好きな男の子は恋愛対象外にした。ちゃんと、嫌われないよう配慮した」
ゆくえ、みんなの顔色を窺って愛想笑い。

同窓会会場
ゆくえの通っていた小学校の同窓会。
ゆくえ、少し遅刻して急いで会場に入る。
同級生たち、かなり盛り上がっていて、ゆくえが来たことに誰も反応しない。
友人たちを探し、会場内をうろうろする。

ゆくえM「あんなに頑張って仲良くしてたのに、大人になった今、あの頃の友達がどこで何をしているか、わからない」
ゆくえ、当時仲の良かった加藤里奈(34)と清水千広(34)を見つけ駆けて行く。
精一杯の笑顔をつくって、

ゆくえ「久しぶり！」

　　里奈と千広、ゆくえに振り返って、

里奈「ゆくえ！」
千広「久しぶりー！」
ゆくえ「久しぶり～」
里奈「飲み物もらった？」
千広「お酒飲むっけ？」

　　久しぶり故、妙な距離感がある三人。

ゆくえ「あとで大丈夫、ありがと！」
里奈「千広の結婚式ぶりかな」
ゆくえ「え、千広、結婚したの？」
千広「（呼んでない）あ……」
ゆくえ「（呼ばれてないやつだ）あ……」
里奈「（察して）あー……」
千広「すっっっごいこぢんまりやったの、結婚式。ごめん、インスタにあげたから結婚したのは知ってると思ってた。ごめん……」
ゆくえ「……ううん！　ごめんごめん、私がインスタやってないせい！　ごめん！　いや、おめでとう！」
千広「ありがとー」

　　気まずそうに笑う千広と里奈。
　　３人の元に駆けてくる
　　元同級生・小川アリサ（34）。

アリサ「みんな！　久しぶり！」
里奈「アリサー！　元気だった？」
アリサ「元気元気！（みんなの顔をそれぞれ見ながら）千広の結婚式ぶりだね！」

　　ゆくえ、里奈、千広、曖昧に笑う。

アリサ「ね、見て。実家で発掘して持ってきたの」

　　と、かばんから古いノートを出す。

ゆくえ「あ、交換ノート……」
里奈「あ～やってたね！　懐かし～」

千広「見たい見たい！」
と、盛り上がる三人。
適当に笑っておくゆくえ。
4人でノートを回し見ながら、
里奈「楽しかったねぇ、なんも悩みとかなくてさぁ」
千広「ねぇ」
アリサ「この4人のグループが一番好きだった」
里奈「私も！」
千広「平和だったよね〜」
ゆくえ「わかるー」
と、適当に言っておくゆくえ。
ゆくえM「私は、何を頑張っていたのか」
×　×　×
大人の同級生たちに混ざって、ゆくえだけが小学5年生のまま。
周りに合わせて必死に愛想笑い。
ゆくえM「みんなと同じ感情になれないのは怖い。誰と一緒にいても、私の感情だけはいつも一人だった」
○タイトル

潮家・ゆくえの部屋（夜）

同窓会後、新潟の実家に帰省したゆくえ。ほとんど物置き状態の自室で何か探している。
学生時代の教科書や友達にもらった手紙などが出てくる。
学年別に几帳面に仕分けされていて、
ゆくえ「随分とご丁寧に……」
ザッと中を確認するが、目当てのものはなく、
ゆくえ「あー、ない。ないってわかってたけどな

い！」

ゆくえの母・潮みきこ（58）、廊下から
ゆくえの部屋を覗き見ていて、

みきこ「何してんの？　探し物？」

ゆくえ、みきこに気付いて、

ゆくえ「……ううん。大丈夫。ないのわかってるから」

みきこ「あらそう。今日ね、佐藤さんとこでもらったお米で栗ご飯」

ゆくえ「あ……紅葉」

みきこ「紅葉くん、今東京いるんだってねぇ」

と、ゆくえの横に来て適当に教科書なんかを手に取って見る。

ゆくえ、椿の家でのことを思い出し、

ゆくえ「（小声で）……紅葉……」

みきこ「お絵描き上手だったでしょー。今バイトしながらそれで頑張ってんだって。かっこいいわぁ、そういうの」

ゆくえ「私もこのみも安定コースだったからね」

みきこ「紅葉くんは人が良いから良いわ」

ゆくえ「……なにそれ」

みきこ「素直で、明るくて、誰とでも仲良くなれて」

ゆくえ「（そう思ってたけど）……」

ゆくえ、みきこから目をそらして淡々と
引っ張り出したものを棚に仕舞う。

みきこ「あんたどうせ同窓会行っても、引きつった愛想笑いするだけでしょー。愛想笑いもできないこのみよりマシだけど」

ゆくえ「（図星で）……」

みきこ「人間に一番必要な能力って、結局はあれよ。社交性よ。愛嬌に気配りよ」

ゆくえ「（そうかな？）……」

と、小首をかしげる。

みきこ「勉強ができるとか、お金持ってるとか、そんなの大して大事じゃないのよー」

ゆくえ、いまいち納得がいかないが、

ゆくえ「……知ってるよ」

コンビニ・休憩室〜店内（夜）

紅葉、バイトを終えて帰る準備をしている。

園田と松井、出勤し休憩室に入ってくる。

紅葉「お疲れ様ー」

園田・松井「お疲れ様でーす」

紅葉、バックヤードから店内へ出てくる。

ポケットの中を探って、

紅葉「……あ、スマホ」

スマホを忘れたことに気付き、戻ろうとすると、園田と松井の声が聞こえてくる。

松井の声「佐藤さんてシフトすぐ代わってくれるってほんと？」

園田の声「ほんとほんと。この前なんて一時間前なのに代わってくれて」

松井の声「暇なんだね」

園田の声「ちゃんとあの、イラストとか褒めて、夢追いかけてんのカッコイイっすね、みたいな、そういう徳は積んどいたほうがいい。褒めるとめっちゃ働いてくれるし」

松井の声「わかりやす。とりあえず褒めとくわ」

園田の声「ああいう人って害ないしな。普通に明るいし真面目だし、良い人っていうか」

松井の声「（笑って）調子がいい人な」

園田の声「（笑って）それだ」

紅葉、全部はっきり聞こえてしまって、

紅葉「……」

紅葉、その場で大きく足音を鳴らして、

紅葉「やば、スマホ、スマホ……」

と、休憩室へ戻る。
園田と松井、何事もなかった様子。
園田「あ、これっすか？」
と、机の上に会った紅葉のスマホを渡す。
紅葉「それだ、ありがとー」
松井「あ、佐藤さん！」
紅葉「ん？」
松井「インスタ見ました！　絵めっちゃ上手いっすね！」
紅葉、「早速か」と思いつつ、
紅葉「（笑顔で）ありがとー、今度似顔絵書くよ！　お疲れ！」
と、休憩室を出て行く。
紅葉「……」

潮家・ゆくえの部屋（夜）

ゆくえ、ＬＩＮＥの連絡先の中から【佐藤紅葉】を見つける。トーク画面を開いて、
ゆくえ「……」
悩んだ末に何も送らずにＬＩＮＥを閉じる。

同・リビング（夜）

ゆくえ、二階の自室からリビングへ降りてくる。
みきこ、古いホームビデオを見ていて、
ゆくえ「うわ」
みきこ「うわってなに。かんちゃんの結婚式で使えるの探してんの」
ゆくえ、横に座って一緒にホームビデオを眺める。
ゆくえ「え、かんちゃん結婚すんの？」
みきこ「するわよ。かんちゃんもう31歳なんだか

ら」

ゆくえ「ごめんね、ゆくえちゃんもう34歳なのにね」

みきこ「あ、お相撲のある。やだーかわいー」

ゆくえ「……ちびっこ相撲大会」

みきこ「そうそう。一緒に応援行ったやつ……あっこれ！　これ覚えてる？　かんちゃんの次にあった試合。お母さん思わずビデオ撮っちゃったの～、懐かし～」

テレビ画面に体の大きな男の子と小さな男の子の試合の映像が流れる。

ゆくえ「（鮮明に覚えているが）……」

みきこ「今見ても感動するわねぇ」

ゆくえ「……」

ゆくえ、見たくなくて立ち上がりその場を去る。

フラワーショップはるき・店内（日替わり）

椿、実家である花屋に帰宅。

よそよそしく店内を見渡す。

椿の弟・春木楓（30）、椿に気付いて、

楓「おかえり」

椿「あ、楓……」

店の奥に向かって、

楓「母さーん、兄ちゃーん」

鈴子、店の奥からやってきて、椿の肩をポンポン叩き、

鈴子「おかえりー」

と、どこか嬉しそう。

椿「……ただいま」

鈴子「新居はどう？　仲良くやってるー？」

と、話しながら近くの花をいじる。

椿「（言い出しにくい）……」

鈴子「あれ、今日だっけ？　明日だっけ？　届出

すって言ってたの？」

椿「そっか……届出す前で、まだよかったのか」

鈴子「んー？」

椿「結婚祝いのお花、いらないからね」

鈴子「遠慮しないでよー」

椿「遠慮してないよ。結婚もしないしね」

と、必死に作り笑い。

鈴子「……え」

楓「……」

と、椿を見る二人。

椿のスマホに着信。

椿「あ、ごめん仕事……（電話に出て）はい、はい。あーわかりました。大丈夫です。データ確認して送りますね。全然！　有給休暇なんてそんなの！　お給料もらってるってことですから！　働きます！」

鈴子と楓、空元気の椿を見て、

楓「社会の闇を擬人化したら兄ちゃんになるよね」

鈴子「……」

楓「都合良い人認定されちゃってんだろうなぁ。会社でも、プライベートでも」

鈴子「……」

結婚式場・披露宴会場

夜々、高校時代の友人の結婚式に参列。

披露宴の終盤、新婦が両親へ手紙を読んでいる。

夜々、それを聞き感動して涙ぐむ。

周りの参列者も感動しているように見える。

手紙を読み終わり、会場が大きな拍手に包まれる。

夜々も目一杯の拍手を送る。

同・外

夜々、新婦との共通の友人・山根由梨(26)、手塚智香(26)の三人で会場を出てくる。

由梨、周囲を見渡して気にしつつ、

由梨「……きつかったね」

智香「きつかった～」

夜々、何のことかわからず、

夜々「ん？」

由梨「ああいうのほんと苦手。感動の強要。感動ハラスメント」

智香「わかる。実際に感動してんの家族だけだしね」

由梨「冷めた顔してるわけにもいかないしさぁ、やってる方は気持ちいんだろうけど」

夜々、本当に感動したと言いにくく、

夜々「……たしかにね。わかるわかる」

智香「夜々、上手いよね。感動してる演技」

夜々「え？」

由梨「女優なれんじゃない？ かわいいんだし。冗談抜きで夜々はそういう仕事したほうがいいと思うわ」

夜々「いやいや、何言ってんの、無理無理」

と、笑って軽く受け流す。

智香「生まれ持ったものあんのに、もったいないっていうか」

由梨「そう。恵まれてんだからさ。有効活用しないと」

夜々、二人の言葉に引っかかるが、必死に笑って、

夜々「ママに感謝だね！」

由梨「あっねぇ、旦那側のママ泣きすぎじゃなかった？」

智香「思った。引いたー」

と、すぐに話題が切り替わる。

夜々「……」

夜々、納得いかないが話を合わせて笑い続ける。

ゆくえのアパート・中

ゆくえ、泊まりの荷物を持って帰宅。

ゆくえ「ただいまー」

このみ「おかえり。同窓会楽しかった？　楽しくないよね」

ゆくえ「……じゃあ聞かないでよ」

このみ「そのクソ真面目、良い加減やめたほうがいいよ、身を亡ぼすよ」

と、言いながらゆくえが持ってきたお土産のお菓子を勝手に食べ始める。

ゆくえ「わかってるよ……ね、最近紅葉と連絡とった？」

このみ「紅葉くん？　連絡？　とるわけないじゃん」

ゆくえ「だよね」

と、泊まりの荷物を片付け始める。

ゆくえ「大人ってずるいよね。子供に勉強しろ、勉強して偉い、勉強できるの偉いって……」

このみ「お姉ちゃんそういう仕事じゃん」

ゆくえ「なのにさ、大人になると、勉強できることなんて、大事じゃないのよって……」

このみ「なんだお母さんか」

ゆくえ「社交性よ、愛嬌よ、気配りよって……」

このみ、お菓子を食べながらスマホを見ていて、

このみ「お母さんね。はいはい……あ、紅葉くんインスタやってんよ。見てみ。かわいい絵いっぱい」

と、スマホ画面をゆくえに向ける。

ゆくえ「あーSNSいや、見れない、無理」
　と、見ようとしない。
このみ「想像して悲しくなっちゃうから?」
ゆくえ「……」
このみ「良い方の感情は想像できないの?」
ゆくえ「……」

夜々のアパート・外

　夜々、結婚式場から帰宅。
　うつむき加減でアパートの前までやって来ると、
相良の声「夜々ちゃん」
　夜々、顔を上げると笑顔の相良がいて、
相良「夜々ちゃん」
夜々「……」
　夜々、踵を返し早足に歩き出す。
　ぴったりと後ろをついて来る相良。
相良「大丈夫だよ」
夜々「大丈夫かどうか決めるのこっちなんで……」
相良「友達からでいいよ」
　夜々、立ち止まり、振り返って、
夜々「……友達、で?」
　と、「で」を強調する。
相良「友達、から、で」
　と、「から」を強調する。
夜々「……なんで、格下みたいな言い方されんだろ」
相良「ん?」
夜々「恋人のほうが上で、友達は下、みたいな」
相良「(適当に)友達のほうがつくるの簡単だからじゃん?」
夜々「へぇ……」
　と、相良を見つめる。

相良「……」
夜々「……」
　二人、意味もなく顔を見合って笑う。
　夜々、隙を見てダッシュで逃げる。
相良「……えっ」

公園

　紅葉、ブランコに座り、タブレットで絵を描いている。
　相良から逃げるように公園に入って来た夜々。
　紅葉に気付いて、立ち止まる。
夜々「(あのときの人だ)……あ」
　と、紅葉の元へ駆けていく。
　紅葉、夜々に気付いて、
紅葉「(あのときの人だ)……あ」
　相良、公園に入って来て、夜々を見つけ、
相良「いたいた。ちょっとさ、落ち着いて話そ。この前は、ほら、お互い酔ってたし、」
　夜々、紅葉の腕を取る。
相良「え？」
　紅葉、ブランコから立ち上がり、
紅葉「……え？」
相良「誰？」
夜々「えー……(名前わかんないや)……」
紅葉「……」
夜々「(なんでもいっか)……シンジ！」
紅葉「(小声で)紅葉……」
夜々「彼氏！」
相良「……夜々ちゃんさぁ……」
夜々「ごめんなさい。今この人なの。コウジなの」
紅葉「(小声で)紅葉……」
相良「(溜め息)……夜々ちゃんもったいないよ」

夜々「……」
相良「もっと自分を大事にしたほうがいい」
夜々「……」
相良「内側から愛される人にならないと」
夜々「……」
　夜々、すべて飲み込んで耐える。
　紅葉の腕をとる手に力が入る。
紅葉「(夜々を見て)……」
　相良、紅葉に、
相良「ユウジさん?」
紅葉「(小声で)紅葉……」
相良「この子ね、顔が良いだけだよ?」
紅葉「……」
　相良、公園を出て行く。
夜々・紅葉「……」
　夜々、腕を掴んだままだと気付いて、手を離し、
夜々「ごめんなさい……」
紅葉「……あの」
夜々「はい」
紅葉「紅葉です」
夜々「(公園の木々を見上げて)……」
紅葉「名前です」
夜々「あぁ……深雪夜々です。二度目まして……」
　と、小さく会釈する。
紅葉「佐藤紅葉です。二度目まして」
　と、同じように小さく会釈する。
夜々「……」
　夜々、ブランコに座る。
　紅葉、夜々の隣のブランコに座る。
　沈黙。
夜々「……二人、気まずいですね」
紅葉「はい……」

夜々、自分と紅葉を交互に指さして、
夜々「二人嫌いの過激派ですもんね」
紅葉「はい……」
夜々「……あっ、大丈夫ですか？　彼女とかいます？」
紅葉「いないです」
夜々「(ホッとして) よかった……」
紅葉「……」
夜々「……今ホッとしたのはあれです。私にもチャンスあるんですねっていう思わせぶりな方のやつじゃなくて、あなたの彼女に勘違いされてめんどくさいあれになることはない、よかった……の、ホッです」
紅葉「大丈夫です、誤解してません……」
夜々「……すみません……」
沈黙。
紅葉「……二人、気まずいですね」
夜々「はい……」
紅葉「……」
夜々「……実は、忘れ物あるんですよ」
紅葉「(考えて) ……あ、あのお家にですか？　忘れ物するなって言われたのに」
夜々「私のじゃなくて、椿さんのです」
紅葉「椿さん……あのお兄さん？」
夜々「はい」
紅葉「……忘れ物……」
夜々「はい、忘れ物……」
紅葉「……」
小さくブランコを揺らしつつ、時々目を合わせる二人。

学習塾『おのでら塾』・教室

ゆくえ、希子の答案用紙を採点し終えて、
ゆくえ「(笑顔で) お〜」

と、答案用紙を渡す。
希子、受け取って、見て、
希子「(笑顔で)お〜。学校がいらないっていう何よりの証明だよね」
ゆくえ「勉強に関してはねー」
希子、答案用紙で顔を隠して、
希子「(小声で)勉強だけしてればいいなら行くのに」
ゆくえ「……希子さ、交換ノートってわかる?」
希子、顔を見せて、
希子「わかるよ。やったことないけど」
ゆくえ「だよね。あれ、どうやって終わるかわかる?」
希子「ノートが終わったら終わりじゃないの?」
ゆくえ「そんなに長続きしないよ。誰かが回さないで、自分のターンで止めたら、それで終わり。自然消滅。そのパターンしかないの」
希子「なるほど」
ゆくえ「犯人の実家からは、絶対、書きかけの交換ノートが発掘されるの。大掃除とか引っ越しとかのタイミングで」
希子「へぇ。ゆくえちゃんも実家で発掘したの?」
ゆくえ「(笑って)ないよ。私の実家に交換ノートあるわけないじゃん」
希子「なんで?」
教室の扉が開いて、
学「ゆくえちゃん、穂積くん来た」
と、入塾予定の中学生・穂積朔也《ほづみさくや》(14)と共に教室に入る。
希子と朔也、目が合って、
希子「……」
朔也「……」
ゆくえ「はじめまして、講師の潮です。よろしくお願いします」
朔也「……はじめまして」
　希子、朔也を気にしつつ教室を出て行く。
　×　×　×
　ゆくえ、朔也と面談。書類を見て、
ゆくえ「6月に転校して……あ、学校、希子と一緒だ」
朔也「キコ？」
ゆくえ「望月希子、クラス違うかな。さっきここにいた子」
朔也「あぁ、同じクラスです……初めて顔見ました」
ゆくえ「だよね……んーじゃあ、好きな教科は？」
朔也「好きなのは……国語、数学、英語、」
ゆくえ「へぇ、偉いね」
朔也「そういう、教室移動がない教科は、好きです」
　ゆくえ、朔也の意図を理解して、
ゆくえ「……私もそうだったなぁ」
朔也「……」
　ゆくえ、気を取り直して、
ゆくえ「得意な教科は？」
朔也「……数学です」
ゆくえ「（微笑んで）私もー」

春木家・外

　春木家の前まで歩いて来た紅葉と夜々。
　【オクサマ】と書かれたアイスの棒を見て、合掌。

同・玄関

　夜々、椿に美容院の会員カードを差し出し、夜々「忘れ物を届けに来ました」
椿「……忘れ物？」
夜々「忘れ物です」
椿「拾い物ですよね？」
夜々「忘れ物です」
椿「ゴミ箱からの拾い物ですよね？」
夜々「美容院の忘れ物です」
紅葉、黙って夜々の横にいるだけ。
椿「（紅葉を見て）……彼はなんで」
夜々「公園で会って、名前聞いて、ブランコ乗って」
紅葉「二人気まずいですねってなって」
夜々「二人じゃなくなるには、三人になればいいって思いまして」
紅葉「はじめまして」
と、椿に頭を下げる。
椿「いや、二度目……」
夜々「はじめまして！」
と、深く頭を下げる。
椿「三度目……」

学習塾『おのでら塾』・自習室

希子、一人で勉強している。
ゆくえ、隣の席に座って、
ゆくえ「ちゃんとはじめまして言いなよー」
希子「……」
希子、無視して問題を解き続ける。
ゆくえ「穂積朔也くん。同じクラスだって。数学が好きで、教室移動が嫌いだって」
希子「……教室ってさ」
ゆくえ「うん」
希子「行ったほうがいいの？」
ゆくえ「希子の席は？」
希子「一番後ろの、一番窓際」

ゆくえ「席あるなら大丈夫だよ。行っても行かなくても」

春木家・リビング

ダイニングテーブルの、前回と同じ椅子に座っている紅葉と夜々。
椿、キッチンでコーヒーを入れながら、

椿「でもほんと、よく来ましたね。あんな変な感じになったのに」
夜々「変な感じでしたけど、」
紅葉「しゃべりやすかったから」
椿「(小声で) わかります……」
夜々「(頷いて) 直後は、トラウマ掘り返された感じでキツかったけど」
紅葉「後になってから、言葉にできるんだなぁってじわじわ思えて」
椿「(小声で) わかります……」
夜々「すみません」
紅葉「すみません」
椿「いえ……正直、一人で暇してたんで」
と、カップを二人の前に置いて、いつもの椅子に座る。
夜々「まだ有休消化中ですか?」
椿「はい」
紅葉「どっか旅行とか行かないんですか?」
椿「……引っ越しのために取った休みなんで」
夜々・紅葉「(あっ) ……」
と、椿から目を逸らす。
椿「旅行はさすがにないですけど、引っ越し済んだらやること、いろいろ考えてましたよ……二人で」
夜々・紅葉「(あー) ……」
椿「近所のパン屋さん開拓しようね。公園で棲みついてる猫探そうね。目的もなくホームセンターうろうろしようね……」

夜々「（小声で）わ、幸せな二人の会話だ……」

紅葉、空いている椅子を見てふと思い立ち、

紅葉「……俺ちょっと、電話」

夜々「え」

紅葉「ほんとの電話です。逃げるやつじゃないです。すみません」

と、リビングを出て行く。

二人きりなのに隣同士に座っている椿と夜々。

椿「（チラッと夜々を見て）……」

夜々「（視線を感じて）すみません、結局二人に……」

椿、向かいの椅子を指さして、

椿「そっち座ります？」

夜々「いやでも、あの二人の席だし……」

椿「別にあの二人の席ってことは……ないですけど」

夜々「……」

沈黙。

椿、美容院の会員カードに、担当者【ミユキ】とサインされているのを見て、

椿「ミユキさん……」

夜々「はい。深雪夜々です。はじめまして」

椿「（小声で）あっ、苗字がミユキ……ヨヨ？」

夜々「はい。ナイトの夜に、こういう、こう、繰り返しのやつ」

夜々、「々」と何度か空書きする。

椿「あぁ、はいはい。あ、それで、夜々ちゃん」

夜々「（少し照れて）はい」

椿「……ちょっと失礼なこと聞きますけど……」

夜々「はい」

椿「あ、待って。失礼にならない聞き方考えるん

で……」
夜々「彼氏ですか？　いないです」
椿「いや……（思いついて）あっ、干支！　干支はなんですか？」
夜々「26です」
　と、無表情で即答。
椿「……26歳ですか。了解です」
夜々「丑年です。女がみんな年齢聞かれるの嫌ってことないですよ。椿さんは？」
椿「兎年です……あ、36です」
夜々「あっ、10個しか違わないんですね！」
椿「10個って結構ですけどね」
　紅葉、リビングに戻ってきて、元の椅子に座る。
椿「電話、お仕事ですか？」
紅葉「ゆくえちゃんです」
夜々「ゆくえちゃん？」

　紅葉、隣の空いてる椅子とテーブルの上の花を指さして、
紅葉「ここにいた、このお花持ってきた」
椿「あ、幼馴染の」
紅葉「はい、もうすぐ仕事終わるから来れるそうです」
夜々「来れるって？」
紅葉「ここに」
夜々「え、呼んだんですか？」

学習塾『おのでら塾』・事務室

　紅葉との電話を終え、事務室に戻って来たゆくえ。
　何事もなかったように装っているが、不安そう。
　学、ゆくえの顔を見て、
学「どうした？」

ゆくえ「いや、別に……」
　と言いつつ、ソワソワしている。
　学の妻で講師の小野寺教子（56）、
教子「デートのお誘いでもあった？」
ゆくえ「お誘いというか……呼び出し？」
教子「大人になっても呼び出しってあるのね、怖いね」
ゆくえ「怖い……もう来るなって言われたとこに呼ばれるってなんですかね……やっぱ怒ってるってことですよね……怒ってるんだ……謝罪、何か謝罪の品……」
　と、職場へ持ってきたお土産のお菓子を回収する。
学「誰？　お友達？」
ゆくえ「……またやっちゃいました。また私だけ、思ってること違ってた……」

春木家・前（夜）

　ゆくえ、お土産が入った袋を抱えて春木家へやってくる。
　【オクサマ】と書かれたアイスの棒を見て、合掌。

同・リビング（夜）

　ゆくえ、ダイニングテーブルの上に新潟土産を並べていく。
　それを立ったまま呆然と見ている椿、夜々、紅葉。
ゆくえ「実家が新潟でして。今朝帰ってきて。あの、全部全然おいしくないけど、よかったらどうぞ……」
椿「ありがとうございます……」
夜々「ありがとうございます……」
　立ったまま沈黙。

ゆくえ「すみません。謝罪の品が、こんなもので」
椿「……ん？」
ゆくえ「前回、逃げるように立ち去り、申し訳ありませんでした」
夜々「え？」
ゆくえ「みなさんのトラウマを掘り起こすようなことをしてしまって……すみませんでした」
と、頭を下げる。
紅葉「ゆくえちゃん？」
ゆくえ「ごめんなさい」
椿「……一旦座りましょう。はい、席着いて。着席」
4人、前回と同じ席に座る。
椿「まず、呼んだのは、紅葉くんが勝手に」
ゆくえ「勝手に？」
紅葉「勝手に呼んだ」
夜々「席空いてるからって」
ゆくえ「席？」
紅葉「さっき3人で座ったら、ゆくえちゃんのところ空いてるなぁって、気になって」
椿「それだけです」
ゆくえ「それだけ？」
夜々「ここに来たのは、私が勝手に。（紅葉を見て）偶然会ったので、勝手に連れてきて」
椿「二人が勝手に上がって」
ゆくえ「（少し考えて）……私に謝罪させる気、」
椿「ないです」
ゆくえ「怒って、」
夜々「ないです」
ゆくえ、ホッとして、お土産を開け始める。
ゆくえ「食べましょ。もれなく全部おいしいんで。はい、なごり雪です」

と、お菓子を3人の前に置く。

×　×　×

テーブルの上にお土産が開けられて、各々好きなものを食べている。

ゆくえ、夜々の装いが気になって、

ゆくえ「パーティーか何か？」

夜々「あ、友達の結婚式の帰りで。諸事情で家に帰れず、そのまま……」

椿「……結婚式……」

と、テンションが下がる椿。

夜々「（強く首を振って）嘘です。私服です。普段着です」

紅葉、話を変えようと思って、

紅葉「ゆくえちゃんは？　なんで新潟帰ってたの？」

ゆくえ「あっ、私は同窓会で、」

椿・夜々・紅葉「……同窓会……」

と、テンションが下がる3人。

ゆくえ「ですよね、私も同窓会苦手です……」

夜々「苦手なのに参加したんですか？　自分から傷付きに行くことないのに……」

ゆくえ「行かなくても、他人の感情勝手に想像して、勝手に傷付くから。どっちみち傷付くんです」

夜々「想像で？」

ゆくえ、コーヒーを飲んで、一息つき、

ゆくえ「……中学生のとき、従兄弟の応援でちびっこ相撲大会、見に行ったんです」

紅葉「相撲？」

ゆくえ「うん。従兄弟は一回戦ですぐ負けちゃったんだけど、お母さんとその次にあった知らない子の試合も見てくことにして……そしたら、その試合、片方の男の子が、もう大人で」

椿「ちびっこ相撲大会じゃ」

ゆくえ「でも全然ちびっこじゃなくて。大人の体格だったんです。でも、対戦相手の子はすごいちっちゃくて。もう泣き出しちゃいそうな顔してて」

と、大きいお菓子と小さいお菓子を並べる。

三人、それを見てイメージして、

椿・夜々・紅葉「わぁ……」

ゆくえ「それでね……周りで見てる大人たちが、聞こえちゃいそうな声で言うんです。まだ試合始まってないのに、ちっちゃい子のこと、可哀想ねぇ。おっきい子のこと、恵まれてるわねぇ、って」

夜々、「恵まれてる」という言葉に引っかかり、

夜々「……」

椿「そう思っちゃうのはわかりますけどね……」

ゆくえ「はい、私も正直思いました。可哀想だな、恵まれてるな、どっちも思いました」

紅葉「スポーツだしね。生まれ持ったもので決まるところもあるよね」

夜々、「生まれ持ったもの」にも引っかかり、

夜々「……」

ゆくえ「勝ったんですよ」

椿「でしょうね……」

ゆくえ「ちっちゃいほうの子」

と、大きい方のお菓子をパタンと倒す。

椿「え？」

紅葉「へぇ」

驚く椿と紅葉。

純粋に驚けず、反応に困る夜々。

ゆくえ「勝ったんです。ちっちゃい男の子。何度も投げられかけて、堪えて。押し出されそうにな

って、堪えて。最終的に、じわじわ押し出して、勝ったんです」

椿「すごいですね……感動したでしょうね、周りの大人たち」

ゆくえ「はい」

紅葉「見てた他のちびっこも、勇気もらっただろうし」

ゆくえ「はい」

椿「良い話ですね」

紅葉「うん、良い話」

夜々「……」

夜々だけ話に乗れず、黙ったまま。

ゆくえ「私、涙止まんなくなっちゃって」

椿「感動しますよね」

ゆくえ「負けちゃった男の子、お相撲続けられるかなぁ、って」

夜々「(ゆくえを見て)……」

ゆくえ「ちゃんと、悔しいって気持ちだけで泣けてるかな、恥ずかしいって気持ちに邪魔されてないかな、って……」

椿と紅葉、なんだか申し訳なくて、

椿・紅葉「……」

ゆくえ「自分が期待されて負けたことで、みんなが感動してるって、どれだけ辛いだろうって……」

ゆくえ、三人の戸惑いに気付き、少し声のトーンを上げて、

ゆくえ「みんなと同じ気持ちになれないって怖いんですよ。悪いことみたいに思えちゃうんです」

夜々、まさに自分の思っていたことで、

夜々「……」

ゆくえ「昔からそうなんです。他人の感情を勝手に想像して、勝手に心配したり辛くなったり……赤田だけでした。そういう気を遣わないで二人で

いられる友達」
椿「気を遣わなくて、いい人……」
ゆくえ「はい、気を遣わなくていい人でした」
夜々「……いいですよね。気を遣わなくていい人。ほしいし、なりたいです」
椿「……都合のいい人にしかなれなかったなぁ」
紅葉「調子いい人って言われるくらいです」
　夜々、何か言おうか悩んで、飲み込む。
夜々「……」
ゆくえ「私は、頭が良い人ってやつだけよく言われて」
椿「それは普通に褒め言葉だと思いますけど……」
　ゆくえ、首を横に振って、
ゆくえ「頭が良い人しか、狙えるところがなかったんです。役割というか……居場所。勉強って、頑張るとちゃんと結果が出るから」

紅葉「……そこだよ、席」
ゆくえ「（ちょっと笑ってしまって）席」
紅葉「うん。ゆくえちゃんの席、そこ」
ゆくえ「……」
　それぞれテーブルの上のお菓子を適当に手に取って、4人に等分する。
　黙々と続けて、なんとなく笑えてくる。
　4人、手元を見たまま、
椿「同じもの見たからって、みんな同じ感情になってたら気持ち悪いですよ。どこに気持ちが向くかなんて人それぞれだし。言っちゃダメなことはたくさんあるけど、思っちゃダメなことはないです」
夜々「……（頷く）」
ゆくえ「（頷いて）はい。おかげで、見えることだけで、幸せかどうか決めつける大人にならなかったから……それはよかったです」

と、照れくさそうに笑う。

夜々「(ゆくえを見て)……」

通り(夜)

ゆくえと夜々、春木家からの帰り。

夜々、ゆくえの様子を窺いつつ、

夜々「……顔が良い人です」

ゆくえ「え?」

夜々「顔、だけが良い人です。他人に良いって言われるのなんて、それくらいです」

と、わざと「だけ」を強調する。

ゆくえ「だけかどうかは、まだわかんないけど」

夜々「……」

ゆくえ「(夜々の顔を覗き見て)でも良いのは間違いないね。かわいい」

夜々「……嫌味って思いますか?」

ゆくえ「なにが? ……あっ、嫌味に思った? ごめん、そんなつもりじゃなくて、」

夜々「?」

ゆくえ「だよね、頭良いとか……あの場で自分から言うのちょっとあれだよね、言うほどじゃないし、東大とかじゃないし……だよね……」

と、また思い込んで勝手に悩み始める。

夜々、「違うけどいいか」と思い否定しない。

少し気が楽になり、微笑んで、

夜々「塾の先生ですもんね」

ゆくえ「うん。ほんと全然、大したことないんだけど」

夜々「教科は、何教えてるんですか?」

春木家・リビング(夜)

椿が食器を洗い、紅葉がゴミを片付けている。

紅葉「ゆくえちゃん、数学の先生で」
椿「（渋い顔で）数学」
紅葉「嫌いですか？　俺けっこう好きでした。苦手ぶってたけど」
椿「（渋い顔のまま）えーなにそれ」
　二人、少し笑って、
椿「あーでも、数学はまだマシでした」
紅葉「マシって？」
椿「国語とか数学とかは大丈夫なんです……他のは教室移動が、」
紅葉「（理解して）あっ」
椿「わかります？」
紅葉「理科の実験室、体育館、音楽室……一人だと、果てしなく遠い」
椿「（頷いて）みんなそんなに気にしてなかったのかな、体育とか音楽って人気だし……僕らだけかな」
紅葉「……今度」
椿「あの二人に聞いてみますか」
紅葉「なんか二人とも、別角度の強めのトラウマありそうだけど」
椿「ありそうだなぁ」
　と、二人で渋い顔に。

通り～バス停（夜）

　ゆくえと夜々、バス停に向かい歩いている。
ゆくえ「26歳か……交換ノートってわかる？」
夜々「はい。小学生のとき、仲良かった女の子のグループでやってました」
ゆくえ「どう終わった？」
夜々「たぶん、誰かが止めて自然消滅だと思います」
ゆくえ「だよね。（冗談半分に）夜々ちゃんが止めたんじゃなくて?」
夜々「ないです！　絶対ないです！」
ゆくえ「ほんと?　実家から出てくるかもよ」
夜々「絶対ないです！　交換ノートも手紙もメールも誕プレも、全部即行で回すし、返すし、渡すんで！」
ゆくえ「……なんで?」
夜々「嫌われたくなかったからです」
ゆくえ「……」

二人の横をバスが通り過ぎていく。

夜々「あっバス……」

ゆくえ、先にバス停へ走って、

ゆくえ「(運転手へ) すみません、すみません、もう一人来ます、すみません」

と、ヒールで後から駆けてくる夜々を待つ。

バス車内（夜）

ゆくえと夜々、二人掛けの席に並んで座る。

夜々「ヒール履いてるときに限って」
ゆくえ「走ることにね、なりがち」
夜々「今日二回目のダッシュです」

二人、クスクス笑う。

夜々「……こう見えて、グループからはぶられないように必死だったんです。どう見えてるかわかんないけど」
ゆくえ「そっか」
夜々「交換ノート、回って来た日の夜にいっぱい書いて、翌日には次の子に渡して」
ゆくえ「うん」
夜々「でも、みんな思ってたんですって。夜々がすぐノート回すの、圧力だなーって」
ゆくえ「圧力?」

夜々「私、グループの中心的な感じだったんですよ。自覚も希望もしてなかったけど、そういう位置づけで。夜々に嫌われたら終わり、みたいな謎の噂とかあって」
ゆくえ「いたな、そういう子……」
夜々「(自分を指さして）そういう子にされてました」
ゆくえ「……」
夜々「嫌われたくなかっただけなんですけどね」
ゆくえ「……男の子にもこういうのあったのかな」
夜々「交換ノート的なものですか？」
ゆくえ「うん。仲良し儀式的な」
夜々「あー……」
ゆくえ「……今度、」
夜々「あの二人に聞いてみますか」
ゆくえ「ね、聞いてみよ」
夜々「なんか、二人とも別角度で強めのトラウマ持ってそうですね」
ゆくえ「あ〜、持ってそぉ」

と、笑う二人。

春木家・玄関（夜）

紅葉、靴を履きながら、
紅葉「すみません、長居しちゃって……」
椿「ううん、ありがとう片付け」
紅葉、鞄の中を探って、
紅葉「……これ、忘れてきますね。忘れ物です」
と、ハンカチを玄関の棚の上に置く。
椿、意図を察して、
椿「(笑って）うん。わかった」
紅葉「あ……いいんですか」
椿「うん」
紅葉「……じゃあ、忘れ物取りにまた来ます。あの二人誘って、来ます」

椿「うん」

紅葉、照れくさそうに笑って、玄関を出て行く。

ゆくえのアパート近くのバス停（夜）

バスから降りるゆくえ。

夜々、バスの窓を少し開けて、

夜々「ゆくえさん」

ゆくえ「ん?」

夜々「後出しじゃんけんだと思われるかもしれないけど……私も負けた子のこと考えて、つらくなりました。じゃあ」

と、片手を挙げる。

ゆくえ、微笑んで、夜々にチョキを出す。

夜々、チラッと自分のパーにした手を見て、

夜々「（笑って）負けた」

バスの発車の合図があり、小さく手を振る二人。

ゆくえ、帰り道を歩いて行く。

ゆくえM「二人で話してるときに、その場にいない誰かと誰かを、あの二人、って言って」

スマホにＬＩＮＥの通知。

紅葉から【忘れ物しちゃったから、またあの二人と一緒にお茶しよ】

ゆくえM「名前を言わなくても、それが誰と誰のことかわかる」

ゆくえ、つい頬が緩む。

ゆくえのアパート・リビング（夜）

ゆくえ、帰宅。

ゆくえ「ただいまー」

ゆくえM「それはもう、二人と二人じゃなくて、

4人ってことなのかもしれない」
　　このみ、不機嫌に、
このみ「ねぇ、なごり雪もう一箱なかった？」
ゆくえ「あ、ごめん。人にあげちゃった」
このみ「えー、誰にー」
　　ゆくえ、ダイニングテーブルの椅子に鞄
　　を置いて、思い出し笑いして、
ゆくえ「椅子のこと、席って言う人」
このみ「は？」

バス車内（夜）

　　ゆくえがいた隣の席にボールペンが落ち
　　ている。
　　夜々、それに気付いて拾い、まじまじと
　　見ると、【おのでら塾開校30周年記念】
　　と書かれている。
夜々「（小声で）……忘れ物？」

春木家・リビング～玄関（夜）

　　玄関のチャイムが鳴る。
　　椿、紅葉だと思い、リビングを見渡しつ
　　つ、
椿「え、ほんとに忘れ物……？」
　　と、玄関へ行くと、鍵が開けられ、ゆっ
　　くりと扉が開く。
椿「え……」
　　扉の向こうにいたのは純恋。
椿「……純恋」
　　純恋、引きつった笑顔で、
純恋「……忘れ物しちゃって」
椿「……」

了

3

[回想] 椿が通う小学校・教室

小学2年生の椿と鈴子、担任教師と三者面談をしている。

椿M「子供の頃の僕は、とにかくよくしゃべるし、落ち着きがないし、じっと座ってられない子だった」

椿の担任の女性教師、淡々と、

担任教師「椿くんはとても活発で、おしゃべりで、個性的なお子さんです」

鈴子「ありがとうございます」

担任教師「(首を横に振って) 落ち着きも協調性もない、という意味です」

鈴子「(え?) ……ごめんなさい」

担任教師「お家ではどんな様子ですか?」

鈴子「……ごめんなさい……」

椿、教室の窓際に置かれた花瓶の花に興味を引かれて、駆け寄ろうとする。

鈴子、咄嗟に椿の手を取って、

鈴子「椿! 良い子にしてて!」

と、椿の手を掴んだまま教師と真剣に話をする。

椿「……」

椿M「僕は良い子じゃなかった」

[回想] 椿が通う中学校・教室

中学1年生の椿、真面目に授業を受けている。

椿M「学年が上がると、自然と〝個性的〟を隠せるようになった」

授業が終わり、クラスメートたちが自由に集まり話したり、教室を出て行ったりする。

椿、よく一緒にいる男子のグループに混ざり、話を合わせたり、ただ相槌を打ったり。

椿M「返事と相槌しかできなくなった」

×　×　×

友人の後をついて廊下を歩いている椿。

椿M「親や先生はまた心配をした。今度は、友達に合わせるだけの、一人で何もできない僕を心配した」

廊下ですれ違った教師に、

教師「春木くん、宿題を集めて職員室に持ってきてもらえる?」

椿「わかりました」

一緒にいた男子生徒の一人、

男子生徒「椿、その前に宿題見せてー」

椿「わかった」

椿M「一人で大丈夫にならなきゃ、一人で大丈夫にならなきゃ」

（イメージ）出版社『白波出版』・オフィス

椿が勤務する出版社のオフィス。

中学1年生のままの椿、サイズの大きいスーツを着てデスクで仕事をしている。

次々と仕事を任されるなか、

椿「わかりました。大丈夫です」

と、繰り返す。

椿M「良い子じゃないけど個性的だった僕は、無個性の良い人になった……それは、良いことなんだろうか」

椿、オフィスに飾られた花が枯れてるのに気付く。

椿「……」

大人の姿になった椿、同じく枯れた花に気付くが、横目に見るだけで黙々と仕事を続ける。

○タイトル

春木家・リビング（夜）

純恋、部屋の隅にある引っ越しのダンボールから自分の荷物を紙袋に移す。

椿「（純恋を見て）……」

椿M「好きな人との人間関係は2パターンで、好かれる努力をするか、嫌われない配慮をするかの、どちらかしかない」

純恋、紙袋を抱えて、

純恋「ありがと。これでたぶん全部」

椿「ごめんね」

純恋「ん？」

椿「純恋の物、こっちから連絡したり、送ったりすればよかった。ごめん」

純恋、「いやいや……」と思いつつ、

純恋「（微笑んで）急に来てごめんね。帰るね」

と、玄関に向かう。

椿「ううん、ごめん」

純恋、椿に振り返って、

純恋「ごめん以外に言いたいことないの？」

椿「（考えて）……駅まで送ろうか？」

純恋、つい吹き出して笑って、

純恋「これ返すね」

と、椿に鍵を手渡す。

椿「うん……」

純恋「一人で帰るね。バイバイ」

と、リビングを出て行く。

椿「……」

春木家・寝室（日替わり・朝）

椿、パチッと目が覚める。

ダブルベッドの隅に寝ているが、一人。

スッと起き上がり、寝具を整え、寝室を

出て行く。

その直後に枕元の目覚まし時計のアラームが鳴る。

椿、いつものことのようで、さっさと寝室に戻ってアラームを止め、またすぐ部屋を出て行く。

同・リビング（朝）

椿、冷蔵庫に貼ったごみ収集カレンダーを見て、「よし」と指さし確認する。燃えるゴミの日。

家中のゴミを集めて、ゴミ袋の口を縛る。

棚から新しいゴミ袋を出し、ゴミ箱にきっちりとセットする。

×　　×　　×

スーツで出勤の身支度。

「よし」と、ゴミ袋を持って出かけようとしたとき、ダイニングテーブルの中央に置いた花瓶が目に入る。

ゆくえが持ってきたガーベラが枯れている。

椿「……」
ゴミ袋の口を開ける。

椿「（小声で）ごめん……」
申し訳なさそうな顔で、枯れた花をゴミ袋へ。

フラワーショップはるき・店先

仕事中の鈴子、通りかかった常連客の年配女性に声をかけられる。

常連客「椿くん結婚したんだってー？」

鈴子「（困って）あ〜」

常連客「おめでとう。良い旦那さんになりそうね〜」

と、言い残して去っていく。

鈴子「（愛想笑いで）あ〜」

楓、鈴子の横にやってきて、

楓「良い旦那さんにはなったでしょうね。嫁や世間からしたら、良い旦那に」

鈴子、楓を軽く叩いて、

鈴子「いいから働け」

と、枯れかけている花を切り落としていく。

楓、バケツに溜まっていく廃棄される花を見て、

楓「……まだ見た目イケんのになぁ」

鈴子「椿みたいなこと言わないでー。すぐダメになるのわかってて売れないでしょー」

楓「あれと一緒か。コンビニとかの、廃棄になるやつ。消費期限ギリの」

鈴子「そうそう」

春木家・外

バイト帰りの紅葉、廃棄のパンやおにぎりが入ったビニール袋を持って春木家へやってくる。

紅葉「忘れ物を取りに来ました……」

と、【オクサマ】に合掌し、チャイムを鳴らす。

少し待つが応答がない。

もう一度チャイムを鳴らす。

やっぱり応答がない。

紅葉「（留守か）……」

スマホを出しＬＩＮＥを開くが、数秒かたまって、

紅葉「……交換してないや……」

と、肩を落として春木家を後にする。

美容院『スネイル』・店内

勤務中の夜々、常連の女性客の会計を終えて、

夜々「おしゃれしてどこ行くんですかー?」
女性客「女友達とご飯行くだけです」
夜々「それが一番楽しいですよねー。ありがとうございました!」

と、客を見送る。

夜々「(いいなぁ)……」

周囲を気にしつつスマホを出しLINEを開くが、数秒かたまって、

夜々「……交換してないや……」

と、肩を落として仕事に戻る。

出版社『白波出版』・オフィス

勤務中の椿、印刷機の前を通りかかると、

夏美「春木さん、交換しといてもらえます?　インクのなんかアレのやつ」
椿「はいはい。全然」
夏美「ありがとうございまぁー」

と、適当に言いながら去っていく。
椿、黙々と作業する。
彩子、印刷物を取りにやってきて、

彩子「うわ、出てきてないじゃん。急いでんのに～」
椿「あ、ごめんなさい。これ済んだらデスク持ってきますよ」
彩子「お願いしまぁー」

と、適当に言いながら去っていく。
加山、ふらっと椿の元にやってきて、

加山「春木くーん、明日の外回りもう一件追加してほしいんだけどねー」

椿、「絶対無理……」と厳しい顔で加山の顔を見る。

椿「……」
加山「一人じゃ無理かな？」
椿「（つくり笑顔で）……一人で大丈夫です！」

駅前の喫煙所

休憩中の椿、喫煙所の中で初対面の中年男性と話している。
周りは全員喫煙しているが、椿は缶コーヒーを飲むだけ。一方的に饒舌に話す。

椿「僕は一人で大丈夫なんです。家事も仕事もたぶん同年代の男性のなかだとかなりできるほうだし、気遣いも得意です。どこ行っても、誰にでも、良い人って言われます」
中年男性「ふーん」
椿「ありがたいですよ。良い人、良い人って言われて、嬉しいです……ただ、みんなが言う良い人って、怒らない人ってことなんですよね。だとしたら、僕は良い人じゃないです。怒ってるし、悲しんでるし、悩んでます。それを隠せるってだけなんです」
中年男性「お兄ちゃん煙草切れてんの？　一本あげようか？」
椿「結構です。煙草吸わないんで」
中年男性「え？　じゃ、なんでここにいんの？」
椿「二度目がない初対面がいっぱいあるんで」
中年男性「（笑って）お兄ちゃん変わってんね」
椿「（笑って）何言ってるんですか。僕ほど無個性な人間はいないですよ」

美容院『スネイル』・休憩室（夜）

閉店後。退勤する同僚たちに、
夜々「お疲れ様でしたー」
と、声をかけながら帰る支度をする。
鞄の中からゆくえの落とし物のボールペ

ンが出てきて。

夜々「(まじまじと見る)……」

学習塾『おのでら塾』・事務室（日替わり）

ゆくえ、真剣な顔でスマホを凝視している。

LINEのトーク画面。【佐藤紅葉】に、【あの2人に連絡先聞いた？】と打ち、悩んで消す。

【次いつ遊びに行くー？】と打ち、悩んで消す。【4人のグループつくっちゃう？笑】と打ち、「それはないか」と首を横に振り、消す。

学、扉から顔を出して、

学「ゆくえちゃん、お客さんだよ」

ゆくえ「え、どちら様ですか？」

学「ご関係は？　って聞いたらもごもごしてた。綺麗なお姉さん」

ゆくえ「……あ」

同・教室

空き教室で話すゆくえと夜々。

夜々、ゆくえにボールペンを手渡し、

夜々「塾って書いてあったから、職場かなって。すみません、急に来て……」

ゆくえ「ううん、ありがとう。わざわざ」

夜々「この、写真とかを、送って、」

ゆくえ「ん？」

夜々「これゆくえさんのですかー？　また椿さんち行くとき持ってきますねー」

ゆくえ「……」

夜々「……みたいな感じの送ろうと、思ったんですけど……」

ゆくえ「(クスクス笑って) 交換してなかったね」

と、スマホを出す。
夜々、嬉しそうにスマホを出して、

夜々「はい」
二人ともLINEの交換に慣れてなくて、

ゆくえ「……ごめん、どこだっけ？　QRコード的な」

夜々「これじゃないですか？　……違うな。待ってくださいね……」

ゆくえ「あ、これかも！　……違った……」
と、苦戦するが、それも楽しそう。

フラワーショップはるき・外

純恋、謝罪のため、手土産を持って椿の実家へやってくる。
勤務中の鈴子、純恋に気付かない。
純恋、店の前まで来るが、躊躇してしまい、

純恋「……」
悩んだ挙句、引き返す。

学習塾『おのでら塾』・教室

連絡先の交換を終えた二人。

ゆくえ「授業するより疲れた……」

夜々「これあれですね、交友関係の狭さがバレますね」

ゆくえ「ね……夜々ちゃんくらいだとさ、初めて持った携帯がスマホ？」

夜々「いや、ガラケーです、小5のときですね。無敵になった気持ちでした」

ゆくえ「小5！　まぁそっか、今中学生に教えてるけど、携帯持ってない子なんていないもんねぇ」
夜々、近くに置いてあった中学2年の数学のテキストを手に取って、

夜々「懐かしい、中学の教科書。いいですねー、数学の先生」
ゆくえ「一番好きだっただけだよ」
夜々「こう見えて私も、数学が一番好きでした」
ゆくえ「(嬉しそうに) 理系なんだ！　それは意外かも」
夜々「文系にしたんですけどね」
ゆくえ「え、なんで？　美容師さんって別に、」
夜々「女の子は文系でしょ？　って、ママが」
ゆくえ「(え？) ……」
夜々「固定観念強めっていうか。時代遅れっていうか…… (笑って) たぶん平成終わったことにも気づいてないです、あの人」
ゆくえ「……今度、数ⅢC教えてあげる。ママに内緒で」
　　夜々、照れ隠しにふざけて、
夜々「わ、ドキドキしますね」

　　教室の扉が開き、希子が入ってくる。
希子「(夜々を見て) ……」
ゆくえ「いらっしゃい」
夜々「あ、すみません、もう学校終わる時間……？」
ゆくえ「学校はまだやってるかな」
希子「中学生がみんな学校行ってるって固定観念やめてください……」
　　と、ふてくされて言いながらゆくえの横に座る。
夜々「ごめんなさい……」
ゆくえ「義務教育だから。固定観念もクソもないから。不機嫌じゃん、なんかあった？」
希子「点Pが……」
夜々「(小声で) 点P？」
希子「点Pが、毎秒1㎝で動き続ける……」
　　と、頭を抱える。

夜々、笑いそうになるのを必死に堪える。

ゆくえ「あいつね、こりずに動くよね」

希子「ゆくえちゃん、あいつどうやったら止まるの……」

ゆくえ「止め方じゃなくてさ、解き方考えようよ。どれ、問題見して」

夜々、二人のやり取りを「いいなぁ」と眺める。

春木家・外（夕）

椿、疲れた様子で帰宅。

ぼんやりしながら玄関へ行くと、玄関先に座り込みおにぎりを食べている紅葉がいて、

椿「（驚いて）えっ」

紅葉「あっ」

と、立ち上がる。

椿「え？」

紅葉「（もぐもぐしながら）おかえりなさい」

椿「ただいま……え、待ってたんですか？　いつから？」

紅葉「全然です、3分前とかです」

と、言いながら周囲に散らかったおにぎりやパンのゴミを片付ける。

椿「早食いなのかな……」

紅葉「いえそんな……はい、早食いですとても」

椿、門の扉を開けながら、

椿「なんかごめんね、昨日からまた出勤で……来る前に連絡くれれば……」

椿、紅葉に振り返り、目が合う。

紅葉「……」

椿「……交換してないですね」

同・リビング（夕）

椿と紅葉、ダイニングテーブルのいつもの位置に座る。
それぞれスマホをいじりながら、

椿「なんだっけ。なんかバーコード的なのだよね」
紅葉「ＱＲコードですね。（椿のスマホをささっといじって）これです。俺読み込みますね」
椿「こういうの慣れてるのあれだね……いいね」
紅葉「回数だけはこなしてるんで」
椿「女の子の友達も……？」
紅葉「いますよー……ゆくえちゃんだって」
椿「幼馴染と友達は同じ枠？」
紅葉「まぁ、ゆくえちゃんは……ゆくえちゃんって枠ですね」
椿「ふぅん……」
紅葉、話を変えようと思い、

紅葉「あ、これ、よかったら食べてください」
と、おにぎりなどが入ったビニール袋を差し出す。
椿「どうしたのこんなに？」
紅葉「廃棄になるやつです。なるはやで食べてください」
椿「あ、コンビニで働いてるの？」
紅葉「はい。暇なとき絵描いてられるから」
椿「え？」
紅葉「絵」
玄関のチャイムが鳴る。
椿「（ビクッとして）えっ」

同・外（夕）

楓、チャイムを鳴らしたあと、庭の【オクサマ】と書かれたアイスの棒が視界に入る。

楓「……」

椿、玄関を開けて、

椿「楓か……なに？」

楓「(椿を見たまま) オ、ク、サマ……ってなんだっけ？　どんな花？」

椿「……花がね、咲く直前で、枯れるんだよ」

楓「切ないね」

椿「切ないね。で、なに？」

楓「別に用はない。兄ちゃんこの家に一人で居たらおかしくなると思って、様子見に来た。これあげる。捨てられちゃうけどまだ綺麗なやつ」

と、廃棄されてしまう花でつくった花束を手渡す。

椿「ありがと……でも、ごめん、今、人来てて」

楓「そ。ならいいや。友達？」

椿「と……友達？　とも、いや……」

楓「なんでもいいけど。じゃあ帰るわ。店抜けてきちゃったし。じゃあね」

と、玄関を離れていく。

椿「ん、ありがと……」

と、楓を見送り玄関の扉を閉める。

紅葉、玄関にやってきて、

紅葉「どちら様ですか？　俺、帰ったほうが……」

椿「あ、大丈夫。弟だから」

二人、リビングに戻りながら、

紅葉「へぇ、弟さん。なんてお名前ですか？　木偏に夏ってなんでしたっけ？」

椿「エノキ」

紅葉「エノキくん」

椿「あー違う違う違う。木偏に夏がエノキ。弟は楓」

紅葉「カエデ」

椿「(紅葉を見て) 紅葉、くん……なんか、仲良くなれそうだね」

フラワーショップはるき・通り〜店先（夕）

ゆくえと夜々、塾からの帰り道を歩いて行く。

ゆくえ「お腹減ってる？」

夜々「減ってます！」

ゆくえ「じゃあどっかでご飯……」

ゆくえ、花屋の前で立ち止まる。
夜々、ゆくえに振り返って、

夜々「ん？（花屋を見て）ご飯屋さんじゃないですよ？」
ゆくえ「（店を指さし）フラワーショップはるき」
夜々「はるき……（理解して）あっ」
ゆくえ「そう。ここ」

二人、店先の花を見ながら、

夜々「花屋の息子、ぴったりですね」
ゆくえ「ね。花屋の息子っぽいよね」
夜々「ぽいです」

鈴子、店先に出てきて、ゆくえに気付き、

鈴子「あ……」

ゆくえも気付いて、

ゆくえ「あぁ！」

ともに椿の婚約破棄のことが頭をよぎって、

ゆくえ「（渋い顔で）あっ……」
鈴子「（申し訳なさそうに）……あー……」

と、深くお辞儀し合う二人。

夜々「ん？」

楓、店に戻って来て、

楓「ただいまー。兄ちゃん一人じゃなかったから花だけ置いてきたよー」
ゆくえ・夜々「（楓を見て）……」
楓「あ、いらっしゃいませー」

ゆくえ「椿さんの、弟さん？」
楓「はい……お姉さんたちもお友達ですか？」
夜々「も？」
楓「今、兄ちゃんち行ったら友達来てるって……（思い出し笑いで）いや、友達かわかんないですけど、友達？　って聞いたらなんかもごもごしてて」
ゆくえ・夜々「……」

春木家・リビング（夜）

ゆくえと夜々、ダイニングテーブルのいつもの椅子に座っている。
椿、キッチンで二人のコーヒーを準備しながら、

椿「え、弟と紅葉くんは会ってないですよ？　紅葉くんが来てるって言ってないです」
ゆくえ「（ニヤニヤして）いやだから、察したんです」
夜々「（ニヤニヤして）二人が一緒にいることなんてお見通しです」

紅葉、二階から下りてきて、

紅葉「空き部屋二つありますね、住めます」
椿「誰が？　なんで？」

ゆくえと夜々も席を立ち、部屋を見渡して、

ゆくえ「素敵なお家ですよねー」
椿「ありがとうございます……」
夜々「戸建て憧れですー」
椿「ありがとうございます……」
ゆくえ「アイランドキッチンっていいですよね！　料理しないけど」
夜々「わかります！　大きい食洗機とか！　料理嫌いだけど」
椿「……キッチンは純恋が気に入って」

ゆくえ「スミレ？」
椿「一緒に住む予定だった人です。料理が好きで、綺麗好きで」
夜々「ごめんなさい……」
椿「空き部屋が二つ作れるのも決め手だって言ってました。子ども二人ほしいからって」
紅葉「ごめんなさい……」
　三人、ダイニングテーブルに戻って大人しく座る。
椿「……まぁ、外観を僕が気に入ったのがきっかけなんで。全然いんですけど……」
ゆくえ「……スミレごめんなさい……」
椿「純恋に謝らなくていいです」
夜々「スミレ、どんな字書くんですか？　ひらがな？」
椿「純粋のジュンに恋愛のレン、スミレです」
ゆくえ「純粋な恋……？」
紅葉「（顔をしかめて）嘘じゃん……」
椿「ほんとです、まぁ嘘だったけど、ほんとです、名前は、漢字は、ほんとです」
　チャイムが鳴る。
　夜々、椿の手が塞がっているのを見て、純恋の話から離れたいのもあり、
夜々「あっ、出ますよ。出ます出ます……」
　と、玄関に駆けて行く夜々。

同・玄関（夜）

夜々「はーい」
　と、玄関を開けると、純恋が立っている。
　純恋、若い女の子がいることに驚きと不信感で、
純恋「え……どちら様ですか？」
夜々「深雪と申します……」
純恋「ミユキ？　椿くんとどういうご関係です

か？」

夜々「えっとー……とも、いや、あの、なんていうか……どう言いましょうか……」

と、もごもごしてしまう。

ゆくえ、玄関にやってきて、

ゆくえ「何もごもご言ってんの？」

純恋「（怪訝そうに）え？　もう一人？」

ゆくえ「え？」

紅葉、玄関にやってきて、

紅葉「ゆくえちゃん聞いて。椿さんちあきたこまちがある。敵だよ」

純恋「（さらに怪訝に）えっまだいんの⁉」

紅葉「え？」

ゆくえ「どちら様ですか？」

椿の声「純恋……」

椿の声がして家の奥へと振り返る三人。

椿「純恋、どうしたの？　まだ忘れ物あった？」

ゆくえ・夜々・紅葉「……スミレ……」

と、純恋に向き直る三人。

居心地悪そうな純恋。

ゆくえ、夜々、紅葉、椿の元カノだと理解して、無言で純恋に合掌。

純恋「え……なに、やめてよ……なに……」

椿「……」

同・リビング（夜）

ダイニングテーブルのいつもの椅子に座っている椿。

椿の目の前、ゆくえがいつもいる椅子に座っている純恋。

ゆくえ、夜々、紅葉の三人、ソファから椿と純恋の様子を覗き見る。

ゆくえ「（小声で）私の席……」

純恋、三人の視線を感じて居心地悪い。

純恋「ねぇ……あの人たち……（なんとかしてよ）」

椿「（ゆくえたち三人に）……上で遊んでなさい」

三人、そそくさと階段を上がっていく。

純恋「（笑って）お父さんみたいな言い方。椿くん、絶対良いお父さんになったよね」

椿「（複雑で）……」

純恋「（笑うのをやめて）……ごめんなさい……」

椿「……あ、なに忘れたの？　ごめん、俺の物と一緒になっちゃってるかも……」

と、立ち上がろうとするが、

純恋「ううん、違う、忘れ物ない」

椿、椅子に座り直して、

椿「……」

純恋「この前来たとき、ちゃんと話せなかったから……話すっていうか、聞けなかったから」

椿「……」

純恋「椿くんが思ってること、何も聞いてなかったし、言ってくれないし」

椿「……そうだね」

×　　×　　×

ゆくえたち三人、階段の途中で隠れて盗み聞き。

夜々「（小声で）は？　浮気しといててめぇの気持ち聞かせろってこと？」

紅葉「（小声で）口悪いな……」

ゆくえ「（小声で）怒ったり泣いたりしてほしいんだよ。椿さん物分かり良すぎて、スミレ的に愛されてた実感足りないんだよきっと」

紅葉「（小声で）スミレめんどくさ……」

×　　×　　×

椿「……純恋のこと、好きだった」

純恋「うん。私も好きだったよ」

椿「うん。でも、好き同士なだけで、両想いじゃなかったなって」
純恋「両想いって好き同士のことだよ」
椿「両想いは、好き同士のことだけど、でも、好き同士が両想いとは限らなくて……」
純恋「なにそれ」
椿「好きってパッケージに満足してるだけみたいな。想えてないんだよ。それでいえば、片想いですらなかった。それぞれ身勝手に好きだっただけで。むしろ好きって後付けで。結婚相手にちょうどいいから好きってことにしてて」

と、饒舌に一方的に話す。
純恋、少し引いてしまって、

純恋「……珍しくいっぱいしゃべるときって、意味わかんないことばっか言うよね」
椿「うん。意味わかんないことばっか考えてて、普段それを話す人がいないから、毎回美容院変えて、初対面の美容師さんに話聞いてもらったり、煙草吸わないのに喫煙所行って知らないおじさんとしゃべったり。そうやって発散して、純恋には意味わかんないこと言っちゃわないように、気を付けて、隠して……」
純恋「意味わかんないな……」
椿「純恋には嫌われない配慮をずっとしてて」
純恋「……」
椿「好かれる努力は、できなかった」
純恋「（諦めたように笑って）やっぱよくわかんないや」
椿「ごめん」
純恋「普通に怒ったり、泣いたりすると思った」
椿「ごめん」
純恋「それか、戻って来てとか、そういうわかりやすいこと言われると思ってたのに」
椿「ごめん」
純恋「わかりにくいことばっか言って」

椿「ごめん」
純恋「ごめんが口癖だよね。やめたほうがいいよ。なんも悪くないのに謝ってると、ほんとに自分が悪い気がしてきちゃうよ」
椿「……ごめん。楽してるだけ。自分が悪いって思うほうが楽だから」
純恋「……怒ってないの？」
椿「怒ってるよ。怒ってるし、悲しんでるし、悩んでる。それを隠してきた」
純恋「……そっか。ならよかった。よくはないけど、でも、まだよかった。私と一緒にいると、たぶん、どんどん感情なくなってってくでしょ？」
椿「(否定できず）……」
純恋「感情なくしたり、あっても隠したり。そうしてまで一緒にいることないよね」
椿「うん……そう思ってる。純恋がいなくなって、そう思えて、だから、正直……戻って来てほしいって、思ってない。ごめん」
純恋「……」
椿「いつも、ずっと、純恋と話すのしんどいなぁって思ってた」
純恋「……」
椿「純恋のことも、純恋の話も、好きだったけど。でも、純恋は、俺じゃなくてもいい人で、俺が聞かなくてもいい話ばっかりで……」
純恋「うん、そっか……そっかそっかそっか……」
　深く頭を下げて、
椿「他の誰かと、幸せになってってください」
純恋「……わかりました」
　と、立ち上がる純恋。
　椿、意を決して、
椿「……結婚するの？　森永くん」
純恋「(平然と）しないよ。付き合ってもないよ」
椿「(拍子抜けして）え？」

純恋「元々は、ほんとに友達。でも一回そういう関係になっちゃって。そういうのあるのに、椿くんと結婚はできないなって、思って……って、言ったじゃん」

椿「言われてないな」

純恋「言ってなかったか。言ってなかったとしてもそうなの」

椿「そうなんだ」

純恋「うん。椿くんに嘘つきたくないし」

椿「そっか……」

純恋「私が言っちゃダメなのわかってるけど……結果よかった。結婚しちゃわないでよかった。一生椿くんの感情奪うとこだった」

椿「うん……よかった」

と、二人、玄関へ。

×　　×　　×

ゆくえたち三人、階段に隠れたまま、

ゆくえ「……スミレ、ほんとに恋に純粋だったね」

紅葉「純粋すぎるのも人を傷付けるんだねー」

夜々「恋愛で全員幸せになるって不可能ですよね。二人組だもん。誰が始めたの？」

ゆくえ「あれじゃない？　アダムとイヴ」

夜々「あいつらかぁ……」

紅葉「友達なの？」

同・玄関（夜）

純恋、玄関で靴を履きながら、

純恋「あ、聞きそびれてた」

椿「ん？」

純恋「あの人たち、誰？」

椿「（一瞬躊躇うが）……友達」

純恋「そっか、だよね。なんかよかった。楽しくしゃべれる相手……気遣わない相手？　いるみたいで。椿くんの友達のこと、全然聞いてなかったもんね」
椿「うん……あ、これ。よかったら」
　と、楓が置いて行った花を渡す。
純恋「え、いいよ……」
椿「楓が持ってきた廃棄になるやつ。ぱっと見綺麗だけど、もう傷み始めてるから……たぶん明日には枯れる」
純恋「(思わず笑って) 明日には枯れる?」
椿「(つられて笑って) うん。ごめん」
純恋「ありがとう。もらうね……今日だけ愛でる」
椿「うん、今日だけ」
純恋「明日からまた、うん、お互い切り替えて」
椿「うん、明日からまた」
純恋「おじゃましました」
椿「……うん」

同・リビング（夜）

　紅葉がもってきたおにぎりやパン、弁当などが皿に綺麗に盛り付けされている。

　4人、ダイニングテーブルのいつもの椅子に座ってそれらを食べている。

椿「だから、きっかけは純恋の方なんです。毎日長電話して、週末会って、結婚の話もポンポン決まって」

　ゆくえ、夜々、紅葉、もぐもぐしながら「ふーん」と頷くだけ。

椿「ほんとに純粋な人なんですよ。清純派女優っているでしょ?　何を根拠に名乗ってるか知らないですけど、あなたたち純恋ほどですか?　って思うし。あ、スミレ、花のスミレの花言葉わかります?　謙虚です。親御さんのネーミングセンスに脱帽です」

　夜々、スマホで検索して、

夜々「(薄ら笑いで) 無邪気な恋、とかありますね」
椿「ぴったりな名前です」
夜々、ゆくえにスマホ画面を見せる。
ゆくえ「(薄ら笑いで) つつましい喜び」
夜々、紅葉にスマホ画面を見せる。
紅葉「(薄ら笑いで) 愛、希望」
椿「ぴったりです」
三人、クスクス笑う。
紅葉「てか椿さん、めちゃくちゃしゃべりますね」
椿「基本的にはすごいしゃべりたいタイプなんで……」
夜々「私は二度目がない初対面だと思われてた初対面だったんで、そのとき引くほどしゃべられました」
ゆくえ「あ、美容院ね」
夜々「はい」
椿「引いてたんですね」
夜々「はい。花は好きだけど花屋は嫌い……教室みたいだから嫌い……って」
ゆくえ「花屋嫌いなんですか？ 花屋の息子なのに？」
夜々「あ、たしかに」
椿「花屋が嫌いっていうのは、そう思い込もうとしてるやつで……花が好きだからです。好きなこと仕事にするって、覚悟が必要じゃないですか」
紅葉「(引っかかって) ……」
ゆくえ「まぁ、そうですね。仕事にしちゃうと、好きなことでも嫌になることはあるし」
夜々「数学が嫌いになることとありますか？」
ゆくえ「数学は何時如何なる時も好きです。生意気な生徒とか安い給料とか長い残業とかが嫌になるだけで」

夜々「あーたしかに。私も髪切ることは好きだけど職場は嫌いです。隕石落ちてほしい」
ゆくえ「結構嫌いだね」
夜々「かなり嫌いです。とても嫌いです」
紅葉「……」

話に混ざりにくく黙っている紅葉。
椿、それに気付いて、

椿「……紅葉くん」
紅葉「はい」
椿「おむすびいつまで？　消費期限」
紅葉「あ、もう切れてます」
椿「え？」

気にせず食べ続けるゆくえと夜々。

通り（夜）

純恋、春木家からの帰り道を一人で歩く。
ゴミ捨て場に花瓶になりそうな瓶が捨ててある。

純恋「……」

鞄の中からペットボトルの水を出して、少し花瓶に入れる。
椿にもらった花束の包みを取って、花瓶に挿す。
花に手を合わせてから、立ち去る。

春木家・リビング（夜）

テーブルにあったものをほとんど食べ終え、ソファでくつろいでいるゆくえ、夜々、紅葉。
ダイニングテーブルにいる椿、

椿「そのソファ気を付けてくださいね。満腹だと死んだように寝れるやつなんで」
ゆくえ・夜々・紅葉「はーい」

と、寝そうになっている。

ゆくえ「なんか居心地いんだよね、この家」
紅葉「わかる。前に住んでたのも知ってる人だからかな」
夜々「そうなんですか？」
紅葉「うん。その人に会いに来たのに、もう引っ越しちゃってて。代わりに椿さんがいて」
夜々「へぇ」
紅葉「なんだろ、住みたいとかじゃなくて」
ゆくえ「ね。通いたいくらいの」
紅葉「そうそう。家で寝たいし」
椿「ちょっと複雑なんですけど」
夜々「……しっくりくる表現見つけちゃいました」
ゆくえ「なになに」
夜々「あ、でも、ちょっと失礼かもしれないです」
紅葉「いいよ言って」
椿「僕の家なんですけど」
夜々「部室です」
椿「……なに？」
夜々「部室です。約束しなくても誰かしらいる安心感があって、でも一人ならそれはそれでラッキー。サボってるのに、サボってない感じも出せる。教室は選べないけど部活は選べる」
ゆくえ「うん。たしかにちょっと失礼だね」
紅葉「部室クサいしね」
夜々「部室がクサくない部活って絶対弱いですしね」
ゆくえ「椿さんちは、お花の匂いがする部室です」

　ゆくえ、夜々、紅葉、くつろいだままパラパラとした適当な拍手。

椿「……正解の反応がわかんないです」
ゆくえ「喜んでください」

紅葉「褒めてます」
夜々「華道部です」
椿「……部室みたく、各々好きなタイミングで出入りしようとしてます？」
　三人、拍手を続ける。
椿「(嫌ではないけど)……」
　夜々、拍手をやめて、真剣に、
夜々「……住み続ける予定では、いるんですか？」
椿「……」
夜々「この広さだし、お一人じゃ、あの……引っ越しちゃうのかなって、勝手に思ってたんですけど」
椿「……考えては、います、引っ越し」
夜々「ですよね……」
　沈黙。
椿「考えてるうちは、ここに住んでます」
　三人、椿を見る。
椿「考えてる最中に、引っ越すことはないです……廃部になりません」
　三人、笑って、さっきよりしっかりとした拍手。
椿「……来るときは予め連絡くださいね！　仕事もあるし……ね！　常識の範囲内で！　春木家のルールに則って、ね！」
　三人、嬉しそうに拍手を続ける。

フラワーショップはるき・店内（夜）

　閉店後の店内。
　鈴子、閉店作業をしながら、
鈴子「動物はいつか死んじゃうから、そのときがくること考えると悲しくて飼えない、みたいのと一緒。お花はいつか枯れちゃうから苦手なんだって。人間関係も、以下同文なんだって」

楓「(適当に) なるほどね。よくわかんないわ」
鈴子「花がら摘むのがどうしても嫌みたいで」
楓「兄ちゃん？　子供んとき？」
鈴子「(頷く) 花捨てるとき、いっつも申し訳なさそうな顔してて。こりゃ無理して働かせることないなって諦めついた」
楓「(笑って) その顔、想像できるわぁ。どうしよ、今日あげたやつ、たぶん明日とか明後日だよ、寿命」
鈴子「友達来てるならあげるんじゃない？」
楓「友達にこそあげないでしょ、明日枯れる花なんか。兄ちゃんだよ？」
鈴子「そうだった。うちの子、昔から良い子だった」

春木家・リビング(夜)

夜々と紅葉、ソファでうたた寝している。
椿、紅葉にブランケットをかけて、

椿「この子、家で寝たいって言ってましたよね？」
ゆくえ「(クスクス笑って) 深夜もバイトしてるから。たぶん直行して寝てないだろうし。ほらあれ、だからおにぎりとか」
ゆくえ、夜々にブランケットをかける。
椿「そっか……(夜々を見て) その子は？」
ゆくえ「この子は気疲れしたんですよ。まだ心開き切ってないから。たぶんすごい気にしいだから」
椿「(笑って) 心開いてない人の家で寝るかなー」
ゆくえ「(笑って) たしかに」
ゆくえ、ダイニングテーブルへ。
椿、キッチンへ行って、
椿「コーヒー飲みます？」
ゆくえ「飲みます！」

　　椿、ゆくえに背を向けてコーヒーを準備
　　しながら、
椿「……子供の頃、落ち着きのない子だったんです。授業中にじっと座ってられないし、おかしなことばっかり言う子で。良い子じゃなくて」
ゆくえ「へぇ」
椿「……意外じゃないですか？」
ゆくえ「意外がれるほどまだ何も知らないんで、そうなんだぁ、って感じです」
椿「そっか……そうですよね」
ゆくえ「でもたしかに、今は落ち着きある大人に見えますすよ」
椿「落ち着きある大人ぶってるだけです」
ゆくえ「みんなそんなもんですよ。何かしらみんな、何かぶってますよ」
椿「ゆくえさんは？」
ゆくえ「良い先生ぶってます。程よく親しみのある距離感で、でも勉強や進路のことはキッチリ、みたいな」
椿「良い先生って言われるんですか？」
ゆくえ「生徒や保護者はそう言ってくれます」
椿「……じゃあ、良い先生なんですね」
ゆくえ「……そっか」
椿「生徒さんが良い先生って言ってるなら、それはもう良い先生ってことですよ」
ゆくえ「じゃあ、落ち着きあるように見えてる椿さんは、落ち着きあるってことですね」
椿「そっか、そうかもしれないです」
ゆくえ「良い人って言われるってことは、良い人ってことですね」
　　椿、コーヒーを持ってきて、
椿「どうぞー」
ゆくえ「どうもー」
　　と、二人、コーヒーをすする。

目が合って照れくさそうに笑う。

×　×　×

ソファで目を覚ました夜々と紅葉。

椿、ダイニングテーブルで本を読んでいる。

夜々、バッと体を起こす。椿と目が合って、

夜々「……寝てないです！」

椿「寝てたよ」

紅葉、ダラダラ起き上がって、

紅葉「ゆくえちゃん帰っちゃいました？」

椿「(上を指さして) ベランダで電話してます。お友達からって。長くなるかもしれないから、二人起きたら先帰っててって」

夜々「お友達……」

紅葉「……男ですか？」

椿「お友達としか……（ニヤニヤして）二人とも嫉妬って顔してるよ」

夜々・紅葉「してないですよ……」

と、照れてさっさと立ち上がると、帰る支度を始める。

同・ベランダ（夜）

ゆくえ、コーヒー片手に美鳥と電話している。

ゆくえ「私はないよー、当分一人だと思う……あ、今？　ううん、家じゃなくて……友達の家。あれだね、大人になってもさ、友達ってできるんだね」

ゆくえ、人影を感じ、柵にもたれてベランダから下を見る。

夜々と紅葉、家の前で「帰るね」「バイバーイ」と口パクしてゆくえに手を振っている。

ゆくえも笑って手を振り返す。

少し名残惜しそうに帰って行く夜々と紅葉。

ゆくえ「美鳥ちゃんにもいつか紹介するね」

バス停（夜）

春木家からの帰り道を歩いてきた夜々と紅葉。

バス停の前まで来て、

夜々「あ、私バスです」

紅葉「うん、電車だから、じゃあ」

と、一人で歩いて行こうとする。

夜々「（冗談交じりに）送ってってくれないんですかー」

紅葉「送ってほしいと思ってないでしょ」

夜々「思ってないです。言ったら家までついてくるか試しました」

紅葉「（笑って）うわーこわー」

夜々「（笑って）じゃあ、また」

紅葉「また。気を付けてね」

夜々「気を付け慣れてますー」

と、笑って手を振り合い別れる二人。

夜々はベンチに座り、紅葉は歩いていく。

二人、それぞれスマホを出して、ふと思い出し、

夜々・紅葉「……あっ」

と、二人同時に振り返る。

春木家・リビング（夜）

ダイニングテーブルに一人でいる椿。

椿「（ぼんやりと考え事をして）……」

階段を下りてくる足音。

電話を終えたゆくえ、リビングにやって来て、

ゆくえ「すみません、ほんとに長くなっちゃった。私も帰りますね、すみません」

と、荷物をまとめる。

椿「みんながいて、いなくなって、ここに一人になったとき、」

ゆくえ「はい？」

椿「不思議と、自分はもう一人にはならないって感覚になるんですよね」

ゆくえ「……ん？」

椿「一人で大丈夫って思える感じ。あれにちょっと似てます、携帯電話」

ゆくえ、手にしたスマホを見つつ、

ゆくえ「携帯電話……」

椿「初めて自分の携帯を持ったときの気持ち。人と繋がる手段をもらったのに、一人でなんでもできる気になる、あの感じ……一人で大丈夫って思えるのは、一人じゃないってわかったときなんだな、って」

ゆくえ、「なるほど」と思って、微笑んで、

ゆくえ「私も、繋がってもらっても……」

椿「（ゆくえに振り向いて）ん？」

ゆくえ、ニマニマしながら自分のスマホを見せる。

椿「（笑って）あっ、たしかに。まだ」

と、椿も自分のスマホを出す。

ゆくえ「ＬＩＮＥで？」

椿「はい。えー……大丈夫です、今日やったんで、紅葉くんと交換したんで、わかります……えー……」

ゆくえ「私も今日夜々ちゃんと交換して……ダメだ、もう覚えてないです、どこだっけな……」

と、それぞれスマホに向き合っていると、

二人のスマホに同時にＬＩＮＥの通知音。

ゆくえ・椿「(スマホ画面を見て)……ん?」

二人、顔を上げて目が合い、吹き出して笑う。

桜新町駅・入口(夜)

紅葉、嬉しそうにスマホを見ている。

その画面には新規のLINEグループ。

紅葉がゆくえ、椿、夜々の三人を招待している。

通り(夜)

夜々のスマホに着信。

画面を見て溜め息。電話に出て、

夜々「(明るい口調で)もしもーし。うん、夜々だよー。今から帰るとこ。うん……え? あ、今から? え、今、家? 家いるの? ……わかった! すぐ帰るね!」

電話を切って、溜め息。

夜々「……送ってもらえばよかった……」

駅前(夜)

紅葉、電車を乗り換えるため駅へ歩いていく。

伊田の声「あれパンダじゃん?」

紅葉、その声と「パンダ」という言葉に気を取られるが、気付いていないフリで歩き続ける。

紅葉の高校の同級生・伊田幸徳(27)と光井衛(27)、紅葉に駆け寄って来て、

伊田「佐藤!」

紅葉、初めて気が付いたように振り返り、

紅葉「(笑顔で)え! 久しぶり!」

伊田「こっち住んでんだっけ? また飲み行こうよ」

紅葉「うん！　行こう！　また誘って！」
光井「お、じゃ、連絡する」
紅葉「うん！　じゃあ！」
　と、足早に家へ向かって歩き出す。
伊田「相変わらずだなー、パンダくん」
光井「あれほんと、イケメンの正しい使い方だと思うわ」
伊田「またやるかー」
光井「客寄せパンダのパンダくん」
紅葉「（小声で）……送ってけばよかった……」
　と、感情を抑えて歩いていく紅葉。

公衆トイレ（夜）

　夜々、鏡を見て化粧や髪型を整える。
　鏡の中の無表情の自分と目が合って、
夜々「……」
　ニコッと笑ってみる。

夜々のアパート・玄関前（夜）

　夜々、気持ちを切り替えて玄関を開ける。

同・玄関（夜）

　夜々、笑顔で声のトーンを上げて、
夜々「ただいま〜、待たせてごめんね！」
　玄関に駆けてくる足音。
　やって来たのは夜々の母親・深雪沙夜子（57）。
沙夜子「おかえり、夜々」
夜々「ただいま、ママ」
　と、鏡に向けたのと同じ笑顔。

了

4

［回想］深雪家・リビング

夜々の兄・朝人（10）、真昼（8）、夕弥（6）の三人、ミニカーやプラモデルで遊んでいる。

5歳の夜々、兄たちに混ざって遊ぼうと駆け寄る。

沙夜子「夜々ちゃーん」

と、兄たちの元にたどり着く前に沙夜子に抱きかかえられる夜々。

夜々「……」

沙夜子「ほーら。お気に入りのお人形さんで遊ぼっ」

夜々、子供ながらに必死に笑顔をつくる。

［回想］夜々が通う高校・教室

17歳の夜々がいる2年生のクラス。

文化祭の出し物を決めている。

男子生徒「はーい、多数決で、うちのクラスはメイド喫茶でーす」

夜々、「すごくヤダ……」と思いつつ、周りに合わせて拍手。

男子生徒「じゃあ、どうする？　深雪さんとのツーショ、一枚いくらにする？」

夜々「……え？」

思い思いに適当に発言するクラスメートたち。

夜々、立ち上がって、

夜々「いやいや……いやいやいやいや……」

と、笑顔で否定する。

男子生徒「いやいや。笑って写真撮られるだけでお金もらえんだから。ね！　売上トップ目指そ！」

夜々「……目指そー」

と、空気を読んで必死に笑う。

〔回想〕美容院『スネイル』・店内

20歳の夜々、勤務初日。

夜々「深雪です。本日から、よろしくお願いします」

と、店長の水島亨（34）に丁寧に挨拶。

水島「うん。じゃあとりあえず写真撮ろうか」

夜々「いや、顔写真はもう……」

水島「はい、そこ立って。看板見えるとこ。はい、ここね。体の向き、こっち」

と、夜々の肩を持って立ち位置を指定し、前髪を直される。

夜々、抵抗できず、

夜々「……なんの写真ですか？」

水島「ホームページのトップに載せるやつ。はい、笑って！　笑顔！　接客業は！　笑顔！」

と、カメラを向けられる。

必死に笑う夜々。

水島「うん！　いいね！　看板娘！　マスコット！」

夜々「（小声で）マスコット……」

水島「はい！　もう一枚！」

夜々、再び必死に作り笑顔。

写真の中の夜々、幼少期の姿のまま。

水島「はーい。じゃあ店の中案内するねー」

水島の後を付いていく幼少期の夜々。

夜々M「私は、お人形だ」

○タイトル

夜々のアパート・中（夜）

夜々と沙夜子、二人でパックをしながら、

夜々「こっちでなにか用事あるの？」

沙夜子「夜々に会いにくるって用事」

夜々「そっか……来るときさ、連絡してね。出かけてるときあるし」

沙夜子「（適当に）はーい」

夜々「夜々、明日朝から仕事だからね」

沙夜子「はいはい」

沙夜子、夜々が着ているカタツムリのイラストのTシャツが気になり、軽く引っ張って、

沙夜子「（苦笑して）もっとかわいいの着なよー」

夜々「……ごめんなさい」

通り（日替わり・朝）

通勤のため駅へ向かう椿。

ゴミ置き場の瓶に花が生けてあることに気付く。

あまり元気がない。純恋にあげたものとわかり、

椿「……」

手を合わせて立ち去ろうとする。

近所に住むおばさん、走って来て椿の腕を取り、

おばさん「ちょっとお兄さん、ダメダメ」

椿「（驚いて）えっ」

おばさん「今日ビンと缶。お花はビンじゃない。缶じゃない。燃えるゴミ」

椿「（焦って）違います」

おばさん「違わないよ。燃えるよ。持って帰って」

椿「（さらに焦って）違います違います」

おばさん「燃えるよ」

出版社『白波出版』・オフィス

椿、仕事中。デスクに花が飾ってある。

今朝よりもさらに枯れかけている。

夏美と彩子、遠目に椿を見ながら話す。

夏美「見て。春木さんが今朝無意味に持ってきたお花。もう枯れてんの」
彩子「え、なんで？　実家花屋でしょ？　花見る目なすぎじゃない？」
夏美「だから弟さんが継ぐんじゃん？」
彩子「だから結婚もなくなったかぁ」
夏美「女見る目もないかぁ」
彩子「幸せになってほしいねー」
夏美「頑張れー」
椿「(花を見て)……」

同・会議室

紅葉、小説の装丁の依頼があり、編集者・後藤七恵(35)と打ち合わせをしている。

後藤「お疲れ様でした。また追って連絡しますね」

晴れ晴れとした顔で、

紅葉「ありがとうございます。よろしくお願いします」

と、立ち上がりお辞儀。

後藤「頑張ってね」

と、先に部屋を出て行く。

紅葉「ありがとうございます！　よろしくお願いします！」

と、もう一度お辞儀。

同・エレベーター前

エレベーターが来るのを待っている紅葉。
下りのエレベーターが着いて扉が開く。
中には椿が一人。

紅葉「えっ」
椿「えっ」
紅葉「……おじゃまします」

椿「……どうぞ」
　エレベーターに乗り込む紅葉。
　二人を乗せたエレベーターが閉まる。

同・食堂

　椿と紅葉、社員食堂で昼食を食べている。
　椿、タブレットで紅葉の描いたイラストを見て、
椿「かわぃー」
　紅葉、照れくさくて、
紅葉「いやそんな、そんなかわいくないです。全然です」
　と、椿からタブレットを取りあげようとするが、かわされる。
紅葉「あぁ……」
椿「かわいいよー、紅葉くん絵描きさんだったんだね」
紅葉「イラストレーターです……同じか」
椿「これしつつ、コンビニでバイトしつつ」
紅葉「はい、これだけじゃ食えないんで」
椿「……ごめんね」
紅葉「(小声で) あ、口癖……」
椿「好きなこと仕事にするのは、みたいな、なんか偉そうに言っちゃって」
紅葉「(首を横に振って) 家業継ぐとかは、また話違うと思うし……俺のこれは、才能ないのが悪いんで」
　椿、またタブレットの絵を見て、
椿「才能とかはわかんないけど、好きだなーかわいー」
　紅葉、嬉しさと照れくさささとで黙る。
紅葉「……」
　椿、引き続きタブレットを見ながら、
椿「(何の気なしに) 今夜うち来るー?」

紅葉「(え?)……」

　椿、ハッとして紅葉を見る。

椿「(あっ)……」

紅葉「今夜はバイトで、朝までで……ごめんなさい」

　椿、徐々に恥ずかしくなってきて、

椿「……いや……ごめんなさい」

　と、顔を隠してうつむく。

紅葉「恥ずかしがらないでください……こっちが、こっちまで、恥ずかしくなるんで……」

椿「……一生言わないと思ってたセリフ……」

紅葉「でしょうね……」

花屋・店先

　買い物帰りの沙夜子、花屋の前を通りかかる。

　ふらっと立ち寄り、店先の花を見る。

　女性店員、沙夜子の元へ来て、

店員「いらっしゃいませー。贈り物ですか?」

沙夜子「あ、はい。娘に買ってこうかな」

店員「ありがとうございます。娘さん、どんなお花が好きですか?」

沙夜子「あぁ……」

　と、店内を見渡して、「さすがにアジサイはないか」と思い、

沙夜子「(笑顔で)女の子ーって感じので」

　店員、困って、

店員「女の子……そうですね……じゃあ好きな色とか、」

沙夜子「ピンクです(と即答)」

美容院『スネイル』・休憩室

　夜々、昼食の弁当を食べていると、スマホにＬＩＮＥの通知。

【深雪沙夜子】から【お夕飯なにがいい？】と。

夜々「（嫌だ）……」

【友達と約束してるの！　ごめんね！】と返信。

沙夜子からすぐに【だれ？】と。

夜々「（どうしよ）……」

ＬＩＮＥの通知音。沙夜子だと思い、と、スマホを見ると、【潮ゆくえ】から【今夜ヒマだったりする…？】と。

夜々「（小声で）あーもう……」

夜々「……」

定食屋・店内（夜）

ゆくえと夜々、テーブル席に二人で座っている。

食事はすでに終えていて、お茶を飲みながら話す。

夜々「間違いじゃないし、つっこんじゃダメかなって思って、そのとき言えなかったんですけど」

ゆくえ「うん」

夜々「（徐々にクスクス笑って）椿さん、おにぎりのこと、おむすびって言ってましたね」

ゆくえ「（クスクス笑って）思った。言ってた」

夜々「あと、ゆくえさんが電話してるとき。紅葉くんと帰る前」

ゆくえ「うんうん」

夜々「私、目覚めたらスマホ迷子になってて。あれ？　スマホスマホ、ってやってたら」

ゆくえ「うんうん」

夜々「（笑いが堪えきれず）ポッケにいるよ、って」

ゆくえ「（やっぱり笑ってしまい）かわいい。ポケットじゃなくてポッケ。しかも、いるよ」

夜々「スマホ、ポッケにいました」
ゆくえ「あの人さ、自分がかわいいことに自覚ないよね」
夜々「絶対ないですよ。大真面目おむすびでした」
ゆくえ「かわいいねー」
　夜々のスマホに何度もＬＩＮＥが来ている。
夜々「(気になって)……」
ゆくえ「ごめん、なんか用事あった？」
夜々「あ……すみません。そろそろ帰ります」
ゆくえ「うん。ごめんね、急に誘って……また椿さんち行こ。４人でご飯食べよ」
夜々「次は私もお土産持ってきます。椿さんの好きなものリサーチして」
ゆくえ「そうしよ。紅葉の好き嫌いは大体わかるから」
夜々「(嬉しそうに)楽しみ」

コンビニ・店内（夜）

　バイト中の紅葉、園田と二人で品出しをしている。
　園田、ほとんど手を動かしていない。
園田「佐藤さん、明日の夜って空いてます？」
　紅葉、てきぱき動きながら、
紅葉「シフト？　代われるよ」
園田「いや、俺も休みなんですけど、ちょっとした飲み会あって。最初だけ出てもらえたりします？」
紅葉「(察しているが)……最初って？」
園田「大丈夫です。女の子側もみんな大学生だけど、佐藤さん全然、イケます。29には見えないです」
紅葉「うん、27だからね……」

園田「はい、27には見えないです。ほんと、座ってもらえればいいんで。盛り上がってきたら全然帰ってもらって。むしろ帰ってもらって！」
紅葉「(渋々)……うん、いいよ」
園田「ありがとうございます！　店ＬＩＮＥしときますねー」
紅葉「うん……」

春木家・リビング（夜）

椿、ダイニングテーブルに一人。
スーパーで買ったお弁当を食べる。
椿「……」
スマホを見る。誰からも何も連絡はない。
×　×　×
椿、キッチンで洗い物。
一人分の食器を見て、
椿「……」
スマホを見る。誰からも何も連絡はない。
×　×　×
椿、ソファで洗濯物を畳みながらテレビを見る。
時々フフッと笑うが、すぐ我に返る。
椿「……」
スマホを見る。誰からも何も連絡はない。
×　×　×
椿、お風呂から出てパジャマ姿。
早足にダイニングテーブルの上のスマホの元へ。
誰からも何も連絡はない。
椿「(虚しい)……」
チャイムの音。
椿「！」

同・玄関（夜）

椿、玄関の扉を開けると楓がいて、

楓「梨いる？」

と、ビニール袋に入った梨を差し出す。

椿「……いる」

と受け取る。

楓「じゃ」

と、すぐに帰ろうとするが、楓を全力で引き留める椿。

椿「(小声で）……待って……」

楓「えっなになになに」

椿「(小声で）……一人にしないで……」

楓「えっなになんて？」

夜々のアパート・中（夜）

夜々、ニヤニヤしながらスマホを見ている。

ゆくえたち4人のグループLINE。

夜々【椿さん、好きな食べ物なんですか？】

紅葉【オムライス】

夜々【椿さんに聞いてます】

紅葉【カレー】

ゆくえ【椿さん、お酒は何が好きですか？】

紅葉【ほろよい】

夜々【ゆくえさん、3人のグループ作りますね】

紅葉【どの3人？】

ゆくえ【おねがいします】

紅葉【やめて】【ごめんなさい】【椿さんいないね】【椿さーん】

ゆくえ【椿さーん】

椿【梨】

夜々【梨が好きなんですか？】
椿【梨むいてて。ちょっと待ってください】
ゆくえ【椿さーん】
紅葉【椿さーん】
椿【ちょっと】【まって】
夜々、スマホを見て思わずフフッと笑う。
沙夜子「ユクエ、ツバキ、モミジ……」
夜々、「え？」と振り返ると、沙夜子がスマホを覗き見ている。
沙夜子「ママの知らない子たち。なんのお友達？」
夜々「なんの……なんのってことないけど。普通の友達。最近仲良くなって」
沙夜子「ふーん……女の子？」
夜々「え？」
沙夜子「みんな女の子よね？」
夜々「（咄嗟に）そう。女の子。ゆくえちゃん、つばきちゃん、もみじちゃん。みんな同い年。26歳。丑年」
沙夜子「そ。ならいんだけど」
夜々「……」
沙夜子「気を付けてよー。お付き合いする人はちゃんとママに紹介してねー」
夜々「はーい」
沙夜子、キッチンへ行くと冷蔵庫を開けて中にあるものを物色する。
沙夜子「やだー、牛乳は低脂肪にしなよー」
夜々「……」
夜々、スマホをテーブルに置いて沙夜子の元へ。
夜々「ママ」
沙夜子「んー？」
夜々「お兄たちがさ、誰か一人でも女の子だったら、夜々は産まなかった?」

沙夜子「(冷蔵庫を見たまま)あーそうかもね」

夜々「(ショックで)……」

沙夜子「三人いる時点で家計は厳しかったからね

ー、でも、どうしても女の子がほしくて」

　と、冷蔵庫を閉めて夜々に向き合う。

夜々「……」

沙夜子「最後のチャンスで夜々が生まれてくれた。

ありがとう、女の子に生まれてくれて」

　と、夜々の顔に両手で触れる。

　夜々、必死に笑って、

夜々「……産んでくれてありがとう」

美容院『スネイル』・店内~バックヤード(日替わり)

　夜々と杏里、シャンプーなどの重い備品

の入ったダンボールを二人で運んでいる。

杏里「あー腹立つ。こういうのは男がやれよまじ

で!」

夜々「男女で仕事の内容別けるとセクハラって言

われるからって、店長が」

杏里「あいつは存在がセクハラだから今更どんな

配慮しても無駄なんだわ」

夜々「そうですね……」

　杏里、一旦手を止め、大きく溜め息をつ

いて、

杏里「男女平等って良い言葉になってんの怖くな

い?」

夜々「……」

杏里「隅々まで男女平等な世界、想像してみ?

不具合多すぎて逆にどっちも生きにくいでしょ」

　夜々、「たしかに」と思い、

夜々「……必要な区別をしてもらえないって、な

によりも差別ですよね」

杏里「そうそう」

夜々「これはもう、あれですね。みんな、カタツムリになるしかないですね……」
杏里「カタツムリ?」
夜々「カタツムリってあれなんですよ。性別ないんです。最高ですよね」

学習塾『おのでら塾』・教室(夕)

学校帰りの中学生たちが集まり始めている。
朔也、教室に入り、左後ろの席に荷物を置く。
それを見ていた男子生徒、
男子生徒「穂積くん、そこ女子の席だよ」
朔也「自由席って聞いたけど」
男子生徒「でも女子の席だから。座ると笑われるよ」
と、教室を出て行く。
朔也「……」
ゆくえ、話を聞いていて、
ゆくえ「自由席だから気にしなくていいよ。勝手に、いつの間にか、(右側を示して)こっちが男子で、(左側を示して)こっちが女子みたいになってて。でも関係ないから」
朔也「……わかりました」
ゆくえ「あーでも、実際いじってくるような子はいるから、気になるならこっち側座って」
と、教室の右側を示す。
朔也「……はい」
希子、教室に入って来て、迷わず朔也の横の席に座る。希子がいつも座るお気に入りの席。
朔也、荷物を持って右側に移ろうとしていて、
希子「(朔也を見て)……は?」

朔也「（振り返り）ん？」
希子、隣の席を避けられたと思い、
希子「隣がよくて座ったんじゃないから。いつもここだからここ座っただけだから」
ゆくえ「（あ……）」
朔也「いや……女子の席だからって……」
希子「は？　自由席だから」
ゆくえ「（あぁ～……）」
朔也「いや……」
希子「（小声で）男子とか女子とかしょうもな……いらん区別して……しょうもな……」
と、ぶつぶつ言いながら授業の準備を始める。
朔也「……（ゆくえをチラッと見る）」
ゆくえ、「ごめん……」と朔也に手を合わせて謝る仕草をする。

美容院『スネイル』・店内（夕）

夜々、困った様子で店内を見渡す。
男性スタッフはみんな忙しそう。
夜々「……」
相良が受付に一人でいるのを見て、「仕方ない……」と意を決して相良の元へ。
夜々「……相良くん」
相良「んー」
と、手を動かしたまま、夜々に見向きもしない。
夜々「私のお客さん、シャンプーだけ代わってもらってもいい？」
相良「なんで。アシスタントに言ってよ（店内を見渡して）あ、ミカちゃん暇そうだよ、ほら」
夜々「……女の美容師のシャンプー嫌だって。力弱いから嫌だって言われて……」
相良「（溜め息）……」

夜々「……お願いします」
相良「どれ？」
夜々「ありがとう……シャンプー台にいる……」
相良、シャンプー台へ。
夜々、やるせないが、両手で顔をパチパチと軽く叩き、
夜々「(小声で) よし……」
と、気合を入れて仕事に戻ろうとする。
受付の電話が鳴る。
夜々、笑顔で受話器を取り、
夜々「はい。お電話ありがとうございます。美容院スネイルです」
男の声「ミユキさんて美容師さんいます？」
夜々「深雪は私ですが」
男の声「あ、ミユキちゃん!?」
夜々、営業スマイルと穏やかな口調で続ける。

夜々「ご予約でしょうか？」
男の声「いつ空いてる？　ご指名したいんだけど」
夜々「ご希望の日にちございますか？」
男の声「ミユキちゃんに合わせますー」
夜々「……お名前よろしいでしょうか？」
男の声「ねぇ、どこ住んでんの？　店の近く？」
夜々「申し訳ございません」
男の声「彼氏いないよね？」
夜々「申し訳ございません」
男の声「あ、今店にいるってことだよね？　じゃあこれから会いに行ってい？　髪とかいいから」
夜々「申し訳ございません」
夜々、笑顔で対応し続けるが、次第にポロポロと泣けてくる。
男の声「で、いつなら予約できんの？」
夜々「……予約状況確認しますので少々お待ちく

ださい」

と、電話を保留中に。

夜々「……」

夜々、自分の頬をパチンと一度強く叩く。

スーパーマーケット・店内（夕）

二人で買い物をしている椿と紅葉。

椿「料理する？」

紅葉「いや、コンビニの廃棄で生きてます。しますか？」

椿「ほとんどしない。純恋が得意だったから、手伝おうとすると逆に邪魔になって、あれで」

紅葉「あーなるほど」

椿「ゆくえさん、料理しないってサラッと言ってたね」

紅葉「夜々ちゃんなんて嫌いってハッキリ言ってましたよ」

椿「たしかに。言ってた言ってた」

二人、お菓子売り場に来ると、女性客がカゴの中のポテトサラダをチョコの売り場に置いて去っていく。

紅葉、駆け寄ってポテトサラダを手に取り、

紅葉「瞬間移動させられたポテサラ。買ってあげましょ」

子どもがお菓子売り場を走ってきて、パイの実が床に落ちる。

椿、外装の箱がほんの少しくぼんだパイの実を手に取り、

椿「ちょっとへこんだパイの実。買ってあげよ」

紅葉「最後にアイス買いましょ。雪見だいふくとパピコ、二つずつ」

紅葉、カゴの中のパイの実を手に取って、

紅葉「パイの実何個入りですかね……」

と、箱の表示をじっくり見る。

椿「……4で割れる?」

紅葉「割れるかな……」

美容院『スネイル』・休憩室(夜)

夜々、仕事を終えてスマホを見ると、4人のグループLINEに、椿から【ゆくえさん、夜々ちゃん、夜ごはんうちでどうですか?】【紅葉くんはすでにいます】と。

ゆくえ、すぐに【行きます!】と返信している。

夜々、微笑んで返信しようとすると、

杏里「夜々、外にお迎え来てるけど」

夜々「(嫌な予感がして)……」

春木家・リビング(夜)

椿、買ってきたものを冷蔵庫に仕舞う。

ゆくえと紅葉、ダイニングテーブルでデリバリーピザのチラシを見ている。

ゆくえ「買い物行ったって言うから、みんなでなんか作るのかと思ってました」

椿「全員料理があんまりみたいなんで。無理に、無理しなくても」

紅葉「あとピザってほら」

ゆくえ「一人だとね、わかる。正直ホッとしました、作るんだったらなんも貢献できないんで。ピザ、私お金出します!」

椿「ありがとうございます」

紅葉「これ4枚切りってしてもらえるのかな」

ゆくえ「4枚でかくない? 直角だよ?」

紅葉「4等分にしたいじゃん」

ゆくえ「6枚切りなんだから2枚買えば……味が

均等にならないね。Mサイズで8枚切りできんのかな……」

椿、スマホで4人のグループLINEを見るが、夜々だけまだ返答がない。

椿「(気になって)……」

夜々のアパート・中（夜）

夜々と沙夜子、二人で作った食事をテーブルに並べる。

沙夜子「いただきまーす」

夜々「いただきます」

夜々のスマホにLINEの通知が何度も鳴る。

夜々、スマホを見ると4人のグループLINEに夜々の分だけ残したピザやアイスの写真。

ゆくえ【残してあるよ〜】

紅葉【いまパピコたべながらUNOしてる】

夜々「……」

沙夜子「ねー、ご飯中に携帯触らないでよー」

無視してスマホを見続ける夜々。

椿【夜々ちゃん、忙しかったら無理しないで。また集まれるときピザしましょう】

紅葉【いま椿さんがUNO負けた】

ゆくえ【来れるとき4人でUNOしようね〜】

椿【夜々ちゃん、返事ないので二人も心配してます。何かありましたか?】

夜々「……」

夜々、テーブルに肘をついて【大丈夫です!】と打ち込んでいると、

沙夜子「夜々!」

と、肘を叩かれる。

夜々「（驚いて）……」

沙夜子「お行儀悪い！　女の子なんだからやめて。昔からパパとお兄ちゃんたちの真似して……治ったと思ったのにまたこうやって。どっかの従姉妹のお姉さんみたいにならないでよ～夜々懐いてたから心配……」

と、ぶつぶつ言いながらまた食事に戻る。

夜々「……ごめんなさい」

沙夜子「お友達がそうなんでしょ。やめて。お行儀悪い人と一緒にいると伝染するんだから」

夜々「……」

沙夜子「あ、最近仲良くなったって子たちでしょ？　この前会ったときまではいつもの夜々だったもん。大体こういうのは周りが悪いんだから。ちゃんと友達選びなさい」

夜々、何かプツンと切れた感じがして、

夜々「……ママごめん、出かけてくる」

と、立ち上がる。

沙夜子「なに？　どこに？」

夜々「友達にご飯誘われて」

沙夜子、イラっとして、

沙夜子「昨日もお友達とご飯行ってママのこと一人にしたじゃない。先約ならと思って許したけど……今誘われたんでしょ？　なのにそっち行くの？」

夜々「……でも」

沙夜子「友達って他人よ」

夜々「……」

沙夜子「ママは母親でしょ？　他人を優先するの？」

夜々「他人だけど……他人のほうが、母親より、私のことわかろうとしてくれるから」

沙夜子「……」

夜々「ママは母親ってだけだよ。産んだってだけ」
沙夜子「……夜々」
　夜々、荷物を持って、
夜々「お気に入りのお人形産んで、それで遊んでるだけ」
　と、部屋を出て行く。
沙夜子「……」

春木家・玄関〜リビング（夜）

　玄関を上がる夜々。
　出迎えた椿、心配そうに、
椿「大丈夫？」
夜々「(笑顔で）大丈夫です」
　紅葉、玄関にやって来て、心配そうに、
紅葉「どうしたの？　なんかあったの？」
夜々「(笑顔で）いえ、ただの既読無視です」
　ゆくえ、リビングから顔を出して、微笑んで、
ゆくえ「夜々ちゃん」
夜々「(ゆくえを見て）……」
ゆくえ「(微笑んで）ピザ硬くなっちゃったからチンするね」
夜々「……」
　みんなでリビングへ。
　夜々、ピザを温めようとしているゆくえの元へ行き、服の裾を掴む。
夜々「……」
ゆくえ「ん？　ご飯食べちゃった？」
　夜々、上手く話し出せず。
夜々「……」
　ゆくえ、「何か話したいんだな」と思って、夜々の肩をさする。
　夜々、泣けてきて、顔を見られないよう

隠す。
ゆくえと椿、目が合って。
椿「……紅葉くん」
紅葉「はい」
椿「サシで飲みに行こうか」
紅葉「え」
椿「サシってわかる？　二人って意味で、主に飲みに関して使う言葉で、」
紅葉「意味はわかります……（チラッと夜々を見て）サシ飲み、行きます」
椿「行こう。サシ飲み行こう。じゃあ、お二人はお二人で、好きにしてもらって。サシで」
ゆくえ「はい」
そそくさと部屋を出て行く椿と紅葉。
夜々「……」
ゆくえ「ご飯食べた？」
夜々「……まだです」
ゆくえ「ピザでいい？」
夜々「……ピザがいいです」

居酒屋・店内（夜）

カウンター席に横並びで飲んでいる椿と紅葉。
椿、スマホを見ながら、
椿「えっ、サシって向かい合うって意味なんだって。この状態サシ飲みって言っていいのかな……向かい合ってない……横並び……カウンターでサシ飲み……」
紅葉「マルチ以外で初めて誘われました、サシ飲み」
椿「マルチ？」
紅葉「なんでもないです」
少し離れたテーブル席で若い男女４人が飲んでいる。初対面のようだが、浮かれている。

紅葉、それを見て、

紅葉「……友達から、パンダって呼ばれてて」

椿「パンダ？　あだ名？　(冗談半分に)こんなシュッとしたパンダいる？」

紅葉「あー……直接呼ばれるあだ名じゃなくて、陰で呼ばれるやつ。あだ名っていうか、記号？」

椿「……ん？」

紅葉「客寄せパンダって意味の、パンダです」

椿「……」

紅葉「(自分を指さして)女の子に、声をかける係で。引っかかったら、あとは男友達に引き渡してっていう。そういう役割やってて」

椿「……」

紅葉「今日もそれ系のお願いされてたんです。合コン的なので黙って座ってて、盛り上がってきたら帰らなきゃいけないやつなんですけど……初めてドタキャンしました。椿さんからスーパー行こうってLINE来たから。今頃何言われてるか」

と、気丈に振る舞って笑う。

椿「紅葉くん」

紅葉「はい」

椿「赤べこわかる？」

紅葉、「急になに？」と思いつつ、

紅葉「……あの、牛みたいな」

椿「そうそう。首揺れるやつ。ペコペコペコペコって」

紅葉「はい」

椿「中学のとき呼ばれてた。あだ名じゃなくて記号のほう。返事と相槌しかしないから。ずっと頷いてるから」

紅葉「……同じクラスならよかったですね」

椿「ねー」

紅葉「みんな、同じクラスならよかったなぁ……」

春木家・リビング（夜）

ゆくえと夜々、ダイニングテーブルのいつもの椅子に座る。

夜々、ピザを食べ終える。

ゆくえ「……」

夜々「ごちそうさまでした……」

ゆくえ、自分のマグカップを持ってソファへ。

夜々「……」

夜々、一息ついて話し出す。

夜々「……中学生のとき、保健室の先生に相談したことあるんです。女の子でいることがつらいって。こう思うのは良くないのかなって」

ゆくえ、夜々を見ずに話を聞く。

ゆくえ「うん」

夜々「そしたら、いろんな定義の説明をされて」

ゆくえ「定義？」

夜々「Lはこうで、Gは、Bは、みたいな」

ゆくえ「（理解して）あぁ」

夜々「違いますって、はっきり言いました。男の子になりたいわけじゃない。そういう意味じゃないって」

ゆくえ「うん」

夜々「そしたら、男の子を好きになったことある？　女の子を好きになったことは？　って」

ゆくえ「なんで恋愛対象の話になるの？」

夜々「（何度も頷いて）そう……そう思って、あ、もう話しても無駄だ、もういいやって思いました」

ゆくえ「当てはまらないものって不安なんだろうね」

夜々「当てはめないと、間違って傷付けちゃうかもしれないから、確認したかっただけなんだと思います。優しさだったと思います」

ゆくえ「……そういう優しい人って、さらに辛い思いしてる人を探し出して、その人を使って慰めるんだよね」

夜々「……（頷く）」

ゆくえ「あなたは恵まれてるのよって、幸せ強要して。その、より一層辛いって決めつけた人の辛さだって、結局は妄想でしかないのに」

夜々「……（頷く）」

夜々、泣けてきて、

夜々「……納得はしてるけど、辛い」

ゆくえ「……」

夜々「私は女だけど、女の子でいるのがどうしようもなく辛くなるときがあるって、それだけなんです」

ゆくえ「うん」

夜々「こう思うのは、わがままで贅沢で良くないって思って、満足してますって顔して生きてきたけど……久々に母親に会ったら、ダメになっちゃって……」

ゆくえ、ダイニングテーブルに戻って来て、夜々の横に座る。

夜々「女の子として愛されてること、感じすぎてキツいし……そう思っちゃう自分も嫌い」

ゆくえ、黙って夜々の背中をさする。

夜々「多数派の辛いはわがままなんですか……」

ゆくえ、首を横に振って、夜々の背中をさすり続ける。

夜々のアパート・中（夜）

沙夜子、夜々に買ってきた花束を花瓶に生ける。

ゴミ箱が一杯になり、ゴミ袋を探してキ

ッチンの引き出しや棚を順番に開けていく、

沙夜子「……ゴミ袋……」

と、頭上の棚を開けると、インスタント食品が大量に落ちてくる。

沙夜子「（驚いて）……」

沙夜子、カップ麺などを拾い、「隠してたんだな」と察する。

バス車内～バス停（夜）

走るバスの車内。

二人かけの座席に座るゆくえと夜々。

夜々「母方の祖母。おばあちゃんが、ママを産んですぐ亡くなってて」

ゆくえ「うん」

夜々「ママにはお兄ちゃんが二人いて、おじいちゃんが男手一つで子ども三人育て上げて。だから……だからってことないけど……ママは、男の子みたいに育てられたらしくて。お兄ちゃんのお下がりの服着て、男の子のおもちゃで遊んで。女の子の物がもらえなかったって。それが悲しかったけど、我慢してたそうです」

ゆくえ「……そっか」

夜々「だから、娘には思いっきり女の子を楽しませてあげたいって……それを聞かされちゃったから、反発できなくなったんですけど」

少し沈黙があって、

ゆくえ「妹がね、昔からあんまり人と話すのとか上手じゃない子でさ」

夜々「……はい」

ゆくえ「ちっちゃい頃、ずっとぬいぐるみに話しかけてるから、お姉ちゃんが聞くよ、話してごらんって言ったら、（思い出し笑いで）お姉ちゃん言い返すからヤダって」

夜々「（つられて少し笑って）え？」
ゆくえ「ぬいぐるみに話すのは、言い返されたくないからなんだって」
夜々「……」
ゆくえ「お人形にならないでね」
夜々「……」
ゆくえ「夜々ちゃんでいてね」
夜々「……」

ゆくえのアパートの最寄りのバス停に到着。
夜々、「着いちゃった……」と思っていると、
ゆくえ「降りるよ」
夜々「……」

ゆくえのアパート・リビング（夜）

ゆくえ、夜々を連れて帰宅。

夜々「おじゃまします……」
こののみ、ソファでくつろいでいる。
このみ「（夜々を見て）……」
ゆくえ「（夜々に）あ、このみ。妹。（このみに）夜々ちゃん。友達。（二人に）仲良くしなくてもいいけど、喧嘩はしないでね」
夜々「はい……一晩お世話になります……」
このみ「（夜々を見て）……」
夜々「（緊張して）……」
このみ「そのちっこい鞄にパジャマ入ってんの？」
夜々「……入ってないです」
このみ、立ち上がって寝室に向かい、
このみ「貸したげるよ」
夜々「……ありがとうございます」
ゆくえ、二人を見てクスクス笑う。

通り（夜）

店を出て歩いていく椿と紅葉。
椿、スマホを見て、

椿「二人帰ったって」
紅葉「え、鍵開けっぱ？」
椿「ううん、大丈夫。ゆくえさんに鍵の場所伝えて閉めといてもらった」
紅葉「……ゆくえちゃん今、椿さんちの合鍵持ってるってことですか？」
椿「うん」

紅葉、ちょっと妬いて、

紅葉「へぇー……」
椿「ん？」

夜々のアパート・中（日替わり・朝）

夜々、恐る恐る帰宅。

夜々「（小声で）ただいま……」

沙夜子はいない。
ゴミがまとめて玄関に置かれている。
ソファの上に綺麗に畳まれた洗濯物。
キッチンには食器が綺麗に片付けられている。
冷蔵庫を開けると昨日つくったおかずがタッパーに入れてしまってある。

夜々「……」

スマホで沙夜子に電話をかける。

沙夜子の声「もしもし」
夜々「……おはよ」
沙夜子の声「おはよう。お家帰って来たの？」
夜々「うん……」
沙夜子の声「冷蔵庫見た？　おかずタッパーにあるから」
夜々「うん……」
沙夜子の声「うん……全部言いなさい」

夜々「……あなたの長男が言ってました。すごいよな。俺長男なのに、４番目のお前より子供の頃の写真少ないんだもんな」
沙夜子の声「うん」
夜々「次男はこう言ってました。中学のとき、部活で大怪我して病院に運ばれたとき、母さんはお前のピアノの発表会を優先したんだぞ」
沙夜子の声「うん」
夜々「三男は……三男が言うには、俺たち三人なんか、お前が生まれるまでの助走でしかない、って……」
沙夜子の声「……そっか」
夜々「すごく大事にしてもらえて、感謝してるけど、けど……つらかった。期待に応え続けるのも、他人だけじゃなくて家族からも、お前は良いよなって思われて、つらかった……」
沙夜子の声「……うん」
夜々「ピンクもスカートも嫌いじゃないよ。でも一番好きな色は紫だし、スカートよりズボンの方が好き。料理はほんとに嫌い」
沙夜子の声「……うん」
夜々「ママのことは嫌いじゃない。好きだよ。好きだけど……嫌いなところがいっぱいある。私の好きなもの、わかった気になってるところが、すごく嫌い」
沙夜子の声「ママも、夜々のことが好きで」
夜々「……」
沙夜子の声「好きだから、嫌いになりたくないから、無理やり理想を押し付けてたのかもね。ありがとね、付き合ってくれて」
夜々「……」
沙夜子の声「夜々は、好きな人が、何を好きなのか、わかってあげられる人になってね」
夜々「……パパとお兄たちによろしく」

沙夜子の声「うん。じゃあね」
夜々「うん……（部屋の花が目に入って）あっ」
沙夜子の声「ん？」
夜々「お花、ありがとう」
沙夜子の声「あぁ、ピンクの……ごめんね」
夜々「だから、別にピンクが嫌いとかじゃなくて……」
沙夜子の声「アジサイなかったから。この時期だと」
夜々「（知ってたんだ）……うん」
沙夜子の声「ちゃんとお水換えてね。またね」
夜々「うん……またね」
と、電話を切る。
冷蔵庫からおかずが入ったタッパーを出して、レンジで温める。

春木家・リビング（朝）

出勤の準備をする椿。
冷蔵庫を開けて牛乳を出し、扉を閉める。
椿「……ん？」
と、何か気付いて再び冷蔵庫を開けると、パイの実の箱に付箋が貼ってある。
【4で割って余ったぶん、あげます。夜々】と。
椿、笑って、2粒余っているパイの実を食べる。

美容院『スネイル』・店先（夜）

夜々、店から出てきて、出入口にかけた札を【close】に替える。
椿の声「あ……」
夜々、声に気付いて顔を上げると椿がいて、

夜々「え……」

同・店内（夜）

夜々以外の従業員が帰った店内。
椿、夜々に案内されカット台に座る。

椿「ごめんね。いいの？」
夜々「友達で練習するって言ったんで大丈夫です」
夜々、準備をしながら、
夜々「まだ早い気がしますけど……どこか気になるとこあります？」
椿、適当に襟足を持って、
椿「この辺がなんか」
夜々「なんか？」
椿「ちょっと」
夜々「ちょっと？」
椿「……お任せします」

夜々「（笑いを堪えて）かしこまりました」
夜々、スマホをしまいかけて、「あっ」と思い、ロック画面を椿に見せる。
夜々「椿さん、これなんでしょう」
椿「アジサイ」
夜々「いや、そっちじゃなくて。ここ。これ、これなんでしょう」
と、葉に乗っているカタツムリを指さす。
椿「あ、かわいい。でんでんむしー」
夜々、笑いを堪えて、
夜々「かわいいですよねー、好きなんです、でんでんむし」
椿「かわいー。アジサイも好きなの？」
夜々「一番好きな花です。椿さんは？」
椿「あー、一番とかはないかな。いろんなのに囲まれてたから、一番って決めちゃうのが申し訳なくて」

夜々「(クスクス笑って) 椿さんぽい」

夜々、スマホを置いて、ハサミを持つ。

夜々「切りますねー」
椿「はーい」
夜々「なんで椿さんなんですか？　お名前」
椿「花屋にないからって」
夜々「ん？」

と、早々に手が止まる。

椿「花屋に……まぁ置いてる店もあるかもしれないけど、うちの実家はツバキないから。だから、うん……」

と、照れて明言しない。

夜々「たくさんお花があるお家だけど、椿さんは椿さんだけってことですね」
椿「そういうことらしいです……でも、ツバキってあんまり良くないイメージもあるから。名前付けるとき、母方の祖父母と揉めたらしくて」
夜々「でも、お母さんは押し通したんですね？」
椿「母は賢くて強いんで。そんなに言うなら椿って苗字の家全部に縁起が悪いって電話しろって、両親にブチ切れたそうです」
夜々「おぉ……」
椿「花屋に嫁いだプライドらしいです」
夜々「かっこいいですね……」
椿「晴れて椿になりました。夜々ちゃんは？」
夜々「長男・朝人、次男・真昼、三男・夕弥」
椿「……朝、昼、夕」
夜々「(自分を指さして) 夜です」
椿「(笑って) なるほど」
夜々「(笑って) 単純ですよね」
椿「きょうだいって感じでいいけどね」
夜々「……椿さん、もしうちの母親に会う機会あったら、26歳女子のつばきちゃんってことで押し通してください」

二人、鏡越しに目が合って、

椿「……無理じゃないかな」

夜々「イケます」

夜々、照れくさくなって目をそらし、また髪を切り始める。

椿「無理だと思うな」

夜々「気持ちの問題です」

椿「気持ちでどうにもならないことあると思うな」

二人、笑う。

夜々、少し手元が狂って、

夜々「あっ」

椿「(驚いて) えっ」

夜々「あー……」

椿「え!?　美容師さんが仕事中一番言っちゃいけない言葉だよ!　唐突なアッ!」

夜々「……だ、い、じょーぶです」

椿「大丈夫はスムーズに言って!　大丈夫に聞こえないから!」

夜々「大丈夫です、誤魔化せます」

椿「誤魔化すってことはやらかしたってことだよね?」

夜々、笑えてきてしまって、

夜々「うるさいなー」

椿「うるさくさせたんだよ」

夜々「すごいしゃべるなー」

椿「夜々ちゃんとは初対面のときからこうでしょ。すごいしゃべってるでしょ」

二人とも楽しそうに笑う。

コンビニ・店内 (夜)

バイト中の紅葉、レジでこっそりとタブレットで絵を描いている。

ゆくえの声「仕事中でしょ!」

紅葉、驚いて顔を上げるとゆくえがニヤニヤしていて、

紅葉「……びっくりした……」

ゆくえ、缶コーヒーを二つレジに出して、

ゆくえ「お兄さん一人？　お茶しない？」

紅葉、笑いながらレジを打つ。

ゆくえ「ねぇ、お兄さん。一人？　一緒にピザまん食べない？」

同・駐車場（夜）

コンビニの駐車場、縁石に腰掛けるゆくえと紅葉。

それぞれに缶コーヒーとピザまん。

ゆくえ、タブレットで紅葉のイラストを見ながら、

ゆくえ「かわいー」

紅葉「小5のとき、」

ゆくえ「ん？」

紅葉「ゆくえちゃんが高3のとき。大学受かって、上京するってとき、絵描いて、あげて」

ゆくえ「あれね、うん、まだあるよ。持ってる」

紅葉「え、持ってんの？」

ゆくえ「うん。こんなちっちゃい男の子がプレゼントしてくれた絵、捨てらんないよ」

紅葉「そっか……あれあげたとき、この絵好きって言ってくれたのが、すごい嬉しくて」

ゆくえ「うん」

紅葉「子供だったたっていうのもあるけど、絵見せるとみんな、上手だねとか才能あるねとか、そういう褒め方するんだけど。ゆくえちゃんだけは、好きって言ってくれたから」

ゆくえ「良いとか悪いとかをさ、好き嫌いとごっちゃにする人いるでしょ」

紅葉「うん、そういう人、嫌い」

ゆくえ「私も。絵の良し悪しはわかんないけど、好きなのはわかるし。良し悪しと好き嫌いって違うし……ほら、椿さんのこと好きだけど、良い人だから好きってことじゃなくて」
紅葉「うん」
ゆくえ「良いとか悪いには理由がいるけど、好きとか嫌いは理由なくてもいいんだよ」
紅葉「……椿さんのこと好きなんだ」
ゆくえ「好きだよ。好きでしょ？」
紅葉「うん」
ゆくえ「夜々ちゃんも好きでしょ」
紅葉「うん」
ゆくえ「ゆくえちゃんも好きでしょ」
紅葉「……」
ゆくえ「（笑って）え？　嫌い？　あんなに市民プール連れてってあげたのに⁉」
紅葉「（笑って）懐かしい、市民プール」
ゆくえ「このみに沈められて泣いたくせに！」
紅葉「トラウマ掘り起こさないでよ」
　ゆくえ、またタブレットで絵を見る。
　紅葉、楽しそうに笑うゆくえを見て、
紅葉「……今度はちゃんと、どっか食べに行こうよ」
ゆくえ「うん。4人で行こー」
紅葉「……うん」

了

5

［回想］紅葉の実家近くの公園

幼稚園児の紅葉、近所の同世代の子供たちと遊んでいる。

紅葉M「生まれてから一度も、孤独を感じたことはなかった」

遊んでいるというよりも、必死に輪に入ろうとしているだけ。相手にされていない。

紅葉M「周りにはたくさんの友達がいて、みんなで仲が良かった」

男の子、シーソーの片側に一人で寂しそうに座っている。

紅葉「（その子を見て）……」

紅葉、シーソーの反対側に座る。

男の子、嬉しそうに、

男の子「ありがとう」

［回想］紅葉が通う高校・教室

高校2年生の紅葉、目立つ男子のグループに混ざっている。

紅葉「誰とでも仲良くなれて、誰からも好かれて、明るくて、優しい。そう言われた」

クラスメイトが寄って来て、

男子生徒「ねぇ、佐藤。二組の横井さんのアドレス聞いてきて」

紅葉「（笑顔で）うん、いいよ」

女子生徒「佐藤くん、文化祭の実行委員お願いしていい？」

紅葉「（笑顔で）うん、わかった」

紅葉M「みんなから必要とされた」

クラスメイトの篠宮樹、自分の席で一人こそこそと絵を描いている。

紅葉「（篠宮を見て）……」

紅葉、篠宮の元へ行き、

紅葉「すご、めちゃくちゃ絵上手いじゃん」
　と、声をかける。
　篠宮、最初は驚くが、嬉しそうに紅葉と話す。
紅葉M「友達がいなくて、いつも一人でいるやつを見つけては、一緒にいてあげた」

〔回想〕紅葉の実家近くの公園

　紅葉と篠宮、ブランコに乗ってスケッチブックに絵を描いている。

　抽象的なイラストタッチの紅葉の絵と、完璧に模写した篠宮の絵。お互いに褒め合う。

　紅葉だけ幼少期の姿に。

紅葉M「いじめをしてるやつより、いじめを見て見ぬふりするやつより、誰よりも一番最低なのは」

　二人、楽しそうに笑っている。

紅葉M「俺だった」

春木家・リビング（朝）

　ソファで目を覚ます紅葉。
紅葉「……え」
　椿、キッチンでコーヒーを入れている。パジャマ姿に寝癖。寝起きの様子。
椿「あ、おはよ」
紅葉「……おはようございます」
椿「バイト間に合うよね？　今ね、6時32分」
紅葉「……はい……間に合います」
椿「大丈夫？　リビング寒くなかった？」
　紅葉、厚手の掛け布団がかけてあったのに気付き、
紅葉「……はい……あ、めっちゃ布団……」
椿「お腹減ってる？」

紅葉「……はい」
椿「これ好き？」
　と、チョコチップのスティックパンの袋を手渡す。
紅葉「……好きです」
椿「じゃあ食べて」
紅葉「……いただきます……昨日、俺、急に、」
椿「うん、急に来た。で、だらだら飲んで、そのまま」
紅葉「……すみません」
椿「ううん。シャワー浴びる？」
紅葉「いや……はい、浴びようかな」
　と、パンをくわえたまま風呂場に向かう。
椿「うん。バスタオルね、洗濯機の上のなんか箱みたいな。見て」
紅葉「はい……」
　紅葉、戻ってリビングに顔を出して、

紅葉「やっぱ先にコーヒー飲みたいかも」
椿「うん、わかった、入れるね」
紅葉「……昨日の記憶が、あんまりなんですけど」
椿「大丈夫。何もしてないし、されてません」
紅葉「そんな心配はしてないです」
椿「珍しくグチグチ独り言、言ってたよ。酔ってんのか、寝言なのか、曖昧な感じで」
紅葉「なんて？」
椿「ごめんとか、ありがとうとか……あと、ごめんとか」
紅葉「……」

同・玄関（朝）

　紅葉、靴を履きながら、何の気なしに、
紅葉「いってきまーす」
椿「いってらっしゃーい」

と、手を振って見送る。
紅葉、玄関の扉に手をかけて、ハッとして振り返り、

紅葉「……間違った。おじゃましました」
椿「なんて言うんだろね」
紅葉「なにがですか」
椿「いってきますには、いってらっしゃいだけど。おじゃましました、って……おじゃまじゃなかったですよ?」
紅葉「……またおいで、じゃないですか」
椿「そっか」
紅葉「おじゃましました」
椿「またおいでー」

と、手を振って見送る。
紅葉、照れくさいが嬉しい。
小さく会釈して玄関を出て行く。

○タイトル

コンビニ・休憩室

休憩中の紅葉、スマホを見ている。
銀行残高を見て、

紅葉「(まじかー)……」

九条、弁当を抱えて入って来て、

九条「紅葉ちゃん、これゴミ。捨てなきゃいけないやつ。ここに捨てるね。はい、捨てました」

と、廃棄する弁当を机の上に置く。

紅葉「(笑って)はい、捨てたとこ見ました。ありがとうございます」

と、食べる弁当を選ぶ。

九条「こんな時給でごめんね」

と、店内へ戻っていく。

紅葉「(苦笑で)……はい」

園田、出勤。

紅葉、ドタキャンしたことを思い出し、

紅葉「……お疲れ」

園田、黙って紅葉に「金出せ」と掌を出す。

紅葉「……いくら？」

園田、手を返して片手で「5」と見せる。

紅葉「……あの店って、一人いなくても、キャンセル料的なのって、」

園田「5」

紅葉「……はい」

と、財布から五千円札を出して渡す。

園田、札をヒラヒラと泳がせながら、

園田「これ、イラスト何枚分ですか？」

紅葉「んー、どうかな……」

と、適当に愛想笑いで誤魔化す。

紅葉のスマホにＬＩＮＥの通知。

【伊田幸徳】から【19時、新宿♡】と。

それを見て溜め息。

紅葉「……（あっ）」

と、何か思いついて、【深雪夜々】のトーク画面を開く。

繁華街（夜）

紅葉、伊田と光井に連れられて歩いている。

キョロキョロと辺りを見渡すと、夜々が一人で歩いていて、

紅葉「ね！　見て！　あの子、かわいくない？」

と、伊田と光井に夜々を見るよう促す。

伊田「いや、かわいすぎるでしょ」

光井「さすがに無理だろー」

紅葉「大丈夫。いけるから。待ってて」

と、夜々の元へ駆けて行く。

夜々、紅葉に気付いて、

夜々「あーいたいた、紅葉くん」
紅葉「(小声で) 紅葉くんとか言わないで」
夜々「なんで紅葉くんじゃん」
紅葉「(小声で) 初対面の男に声かけられたって顔して」
夜々「初対面じゃないじゃん」
紅葉「(小声で) イケメンだからついてこーってバカな顔して。来て」
　と、夜々を連れて歩いて行く。
夜々「ごめん私もっと薄い顔がタイプなんだよね」
　と、言いつつ紅葉についていく。
　伊田と光井、二人の会話が聞こえておらず、
伊田「え、ほんとにいけそうじゃん」
光井「おー、さすがー」
　紅葉、伊田と光井の元へ戻らず、夜々をつれてどんどん離れていく。
伊田「……ん？　あいつどこ行く気？」
光井「え？　パンダ？　パンダくんこっちだよー」
　逃げるように離れていく夜々と紅葉。

カフェ・店内（夜）

　夜々と紅葉、テーブル席で向かい合って座りコーヒーを飲む。
紅葉「ごめん。呼んじゃって」
夜々「いえいえ、暇してたんで」
紅葉「夜々ちゃんかわいくて助かった……」
夜々「おぉ、どういたしまして……え、大丈夫ですか？　なんかあったんですか？」
　夜々、「え？」と思って、
紅葉「いや、友達のナンパ手伝ってただけ」
夜々「……それ友達ですか？」

紅葉「うん。高校のとき、いつも一緒にいてくれたし。今もこうやって必要としてくれるし」
夜々「へぇ……」
紅葉「……」
夜々「紅葉くん、ゆくえさんのこと好きですよね?」
紅葉「……ん?」
夜々「ん?」
紅葉「え?」
夜々「好きですよね?」
紅葉「……椿さんのことも、夜々ちゃんのことも、さっき一緒にいたその、友達も、みんな好きですけど」
夜々「敬語になってますけど」
紅葉「みんな好き。みんな友達。大好き」
夜々「カタコトになってますけど」
紅葉「……」
夜々「みんな好きの好きと違う好きだと思いますけど」
紅葉「……違うよ、幼馴染だから。友達とは違うでしょ」
夜々「このみちゃんは?」
紅葉「このみちゃんなんで知ってんの?」
夜々「ゆくえさんち泊まったから」
紅葉「(えっ)……」
夜々「あ、嫉妬した。今嫉妬の顔してましたよ」
紅葉「してないですけど……」
夜々「ゆくえさんのこと好きな好きと、このみちゃんのこと好きな好き、同じなんですか? どっちも幼馴染ですよね?」
紅葉「このみちゃんのことは……そもそもあんま好きじゃないから……」
夜々「それはそれであれだな」

ゆくえのアパート・中（夜）

キッチンで片付けをするゆくえと、ソファでくつろぐこのみ。

このみ「あー沈めたたね。市民プールに紅葉くん。人を水に沈めたい年頃だったんよね」
ゆくえ「紅葉あれのせいで泳げないらしいよ」
このみ「このみのせいにされても……」
ゆくえ「このみのせいなんだよ」
このみ「じゃあお詫びに教えるよ、泳ぎ方。三人で市民プール行こ」
ゆくえ「トラウマ再発して余計泳げないでしょ」
このみ「え？　大人の男女三人で市民プール、めちゃくちゃ気持ち悪くない？」
ゆくえ「自分で言ったんでしょ」

このみ、ソファから顔を出して、

このみ「……ねぇ」
ゆくえ「ん？」
このみ「夜々ちゃんまた泊まりくる？」

ゆくえ、ニヤニヤするのを堪えて、

ゆくえ「聞いとく」
このみ「ん」

ゆくえ、手が滑って自分のマグカップを落として割ってしまう。

ゆくえ「あーーーーーー」
このみ「大丈夫⁉」

と、慌ててキッチンへ来るこのみ。
割れたマグカップがゆくえのものとわかって、

このみ「……大丈夫だ。お姉ちゃんのだ」

と、手伝わずにソファへ戻る。

ゆくえ「あ〜……」

と、恐る恐る破片を拾う。

駅前の喫煙所・前（夜）

退勤した椿、缶コーヒー片手に喫煙所の前にやってくる。

椿「……」

中に入るのを思い留まり、スマホで電話をかける。

椿「……もしもし。紅葉くん？　暇かな？　別になんも用事とかなくて。ちょっと耳貸してほしいだけなんだけど。今日仕事中にね、若い女性の社員さん二人に、春木さん、生き甲斐はありますか？　って聞かれてね、あ、しゃべってて大丈夫？　うん、しゃべるね。それでね、」

と、話しながら喫煙所から離れていく。

カフェ・店内（夜）

電話で席を立っていた紅葉、夜々がいるテーブルに戻ってくる。

夜々「長かったですね」

紅葉「うん、椿さん」

夜々「（ドキッとして）椿さん？　なんで？」

紅葉「なんも用じゃないって。おしゃべり聞いただけ。ほんとよくしゃべるねあの人」

夜々、自分のスマホを見る。椿からの着信履歴はない。

夜々「……そうですか」

紅葉「うん」

夜々、チラチラとスマホを見て、

夜々「……そうなんですね」

夜々、「いいなぁ」と思うが、平静を装う。

紅葉、夜々の顔を見て、

紅葉「……嫉妬の顔してますけど」

夜々「してねぇし……」

インテリアショップ・店内（日替わり）

一人で買い物中のゆくえ、食器売り場でマグカップを見ている。
カラー展開の多いマグカップに目が留まって、「いいなぁ」と見ていると、

峰子「あっ、マグカップ買おー」
赤田「買おー」
と、赤田と峰子がやってくる。
ゆくえと赤田、目が合って、

ゆくえ「……」
赤田「……」
峰子、ゆくえの顔を知らないので気に留めず、

峰子「ペアで買おー。私ピンクでこたくん水色ねー」
赤田「……はーい」
峰子、水色のマグカップを取ろうとすると、ゆくえが横からスッと手を出して取る。

ゆくえ「（棒読みで）あっ、すみませーん」
峰子「いえ、すみません」
と、奥にあった同じ水色のマグカップを取る。

赤田「（地獄だ……）」
峰子「見てかわいー」
赤田「（棒読みで）かわいいねー」
ゆくえ、同じ種類の赤、紫、黄色のマグカップも一つずつ取ってカゴに入れる。
峰子、水色とピンクのマグカップを一つずつ赤田の持っているカゴに入れ、

峰子「ちょっとトイレ行ってくる。この辺見てて」
赤田「ん、わかった」
その場を離れる峰子。

ゆくえ「……」

赤田「……」

ゆくえ、赤田にマグカップを見せて、

ゆくえ「見てかわいー」

赤田「やめろ」

ゆくえ「元気？」

赤田「元気。元気？」

ゆくえ「元気。毎日ハッピー」

赤田「ハッピーとか似合わないなー」

ゆくえ、赤田の持っているカゴの中を見る。

ペアの食器やらスリッパやら。

ゆくえ「……ハッピーな買い物カゴだな……」

赤田、カゴをゆくえがいないほうの手に持ち替える。ゆくえのカゴを見て、

赤田「4つも買ってどうすんの」

ゆくえ「4人で仲良しの友達いるの。おそろ。いろち」

赤田、意外な返答に驚くが、平静を装い、

赤田「……へぇ」

ゆくえ「私と、会社員の男の人と、美容師の女の子と、あと紅葉。高校のとき紅葉の話したっけ？　近所の小学生の男の子。最近この大都会東京で運命の再会」

赤田「あぁ……へぇ……」

ゆくえ「その4人で仲良しなの。一緒にピザ食べたりなんかして」

赤田「（クスクス笑って）ピザ。潮が。友達と。ピザ」

ゆくえ「成長感じて泣いちゃうよね」

二人、それぞれ商品を適当に見ながら話す。

赤田「仕事は？　大丈夫？」

ゆくえ「だから、今のとこになってから大丈夫だ

し」
赤田「前のとこが大丈夫じゃなかったから」
ゆくえ「そんなこともね、あったね。あ、穂積くんの話したっけ？」
赤田「知らない。新しいバイトさん？」
ゆくえ「ううん、生徒。希子の同級生でさ、二人仲良くなれる感じするんだよね」
赤田「よかったじゃん」
ゆくえ「うん。でも、接し方、接しさせ方、難しくて」
赤田「絶対口出さないほうがいいよ。自然に、身をゆだねた方が」
ゆくえ「わかる、だよね」
赤田「希子ちゃん、指図されると反発するタイプだし」
ゆくえ「照れがまだ強いんだよね。14歳って照れがマックスのタイミングでしょ」
赤田「照れを超えて、良いきっかけになればいいね」
ゆくえ「赤田、この世で希子のこと私の次に理解してるよ、絶対」
赤田「会ったことないけどね」
ゆくえ「そう。それがすごい。会ったことないのにその解像度なのがすごい」
赤田「自分でもそう思う」
　二人、笑って。
　赤田、いつもの感覚で、何の気なしに、
赤田「カラオケ行くー？　先なんか食う？」
ゆくえ「（え）……」
　二人、目が合って、
赤田「……ごめん、間違った……」
ゆくえ「……ん。大丈夫」
赤田「……よかったわ、ピザ食うような友達いて」

ゆくえ「そちらも。新婚生活、とても楽しそうで。ハッピーそうで。よかった」
赤田「……奥さん戻ってくるから。じゃあ」
ゆくえ「うん、じゃ」
と、その場を離れていくゆくえ。
名残惜しくて去っていくゆくえを見る赤田。
ゆくえ、突然振り返る。
赤田「……ん?」
ゆくえ「(薄ら笑って)こたくん」
赤田「やめろ」
二人、笑って、軽く手を振り、別れる。

同・駐車場

駐車場に停められた赤田の車。
運転席に乗る赤田と、助手席に乗る峰子。
赤田「スーパー寄ってく?」
峰子「ねぇ、わかっちゃった」
赤田「ん?」
峰子「さっきいた女の人。食器のとこにいた人」
赤田「……」
峰子「こたくんのね、醸し出す空気でわかっちゃうの。そういうの。そういう相手だって」
赤田「……わざわざ今更紹介するのもあれかなって」
峰子「うん。いいの。気遣わせちゃってごめんね」
赤田「ううん、ごめん……」
峰子「大丈夫。妬いてないよ。ちゃんと別れてる感じあったし」
赤田「……ん?」
峰子「元カノでしょ?」
赤田「(わかってねぇじゃん)……」
峰子「大丈夫。気にしないから。昔の人とか負ける気しないし。（笑顔で）二人で幸せになろうねっ」
赤田「（つくり笑顔で）幸せになろうねー」

春木家・リビング（夕）

ゆくえ、ダイニングテーブルの上で買ってきたマグカップの包装紙を取る。
チャイムの音。
×　×　×
ゆくえと夜々、リビングに入って、
夜々「おじゃましまーす」
ゆくえ「どうぞ～」
夜々「（部屋を見渡し）椿さんは？」
ゆくえ「まだお仕事」
夜々、テーブルの上の合鍵を見て、
夜々「あ、この前の鍵で」
ゆくえ「うん。あ、ちゃんと確認とったよ？」
夜々「勝手に入っても怒らなそうですけどね」
ゆくえ「たしかに」
夜々、また合鍵を見て、
夜々「（ちょっと複雑で）……。あ、紅葉くんは？」
ゆくえ「仕事だって。イラストの方の」
夜々「ふぅん……ナンパ手伝うのって、友達って言うんですかね？」
ゆくえ「ナンパ手伝う……？　一緒にナンパする、なら友達なんじゃない？　一緒になんかするなら」
夜々「一緒にナンパ……ではないな……」
ゆくえ、夜々に紫のマグカップを手渡して、
ゆくえ「はい。夜々ちゃん、紫」
夜々「え？」
ゆくえ「紫かなーって、なんとなくイメージで。

全然他のでもいいよ。好きなの選んで」
と、４色のマグカップを見せる。
夜々、嬉しそうに首を横に振って、
夜々「紫好きです。一番好きです。ゆくえさんは？」
ゆくえ「水色」
夜々「椿さんが赤で、紅葉くんが黄色ですかね」
ゆくえ「私もそのイメージで選んだんだけど……４つ並べてさ、お好きなのどうぞってやろ。被ったらジャンケンか、会議ね」
夜々「はい」
と、嬉しそうにマグカップを見る。

同・同（夜）

玄関の扉が開く音。
椿、リビングに入ってくる。
椿「遅くなりましたー……」
ゆくえと夜々、階段の上で息をひそめて椿の様子を窺う。
椿「ゆくえさーん。夜々ちゃーん」
椿、ダイニングテーブルの上にマグカップが４つ並んでいるのに気付いて、
椿「……」
小声で実況するゆくえと夜々。
ゆくえの声「あ、気付いた」
夜々の声「すごい見てる」
ゆくえの声「取るよ、取るよ……」
椿、赤いマグカップを手に取る。
ゆくえの声「取った！」
夜々の声「やっぱ赤なんだー」
椿、マグカップをまじまじと見て、
椿「……かわいい」
ゆくえの声「かわいいって言った」

喫茶店・店内（夜）

紅葉、マネージャー・坂田正昭（33）と打ち合わせ。

坂田、画家・シノの参考資料をテーブルの上に並べながら、

坂田「シノさんの絵って？」

紅葉「あぁ、はい。よく見かけます。広告とか」

坂田「よかったです、ご存じで。本人が知られてないかもって不安がってまして」

紅葉「そんなわけ……」

坂田「知らないわけないですよね。今もうすごい人気で。若者の間で油絵がブームきてるくらいで」

紅葉「はぁ……」

坂田「で、ですね。シノさんからのご指名で、佐藤さんとコラボしたいと」

紅葉「……ん？」

坂田「ご指名です」

紅葉「……誰かと間違って、」

坂田、スマホ画面を見せて、

坂田「こちら、佐藤さんのアカウントですよね？こちらにDM送ったので間違いないと思いますけど」

紅葉「間違いないです……」

坂田「シノさんがこのアカウントの方にと」

紅葉「……インスタ見たならわかると思うんですけど……僕がやってるの結構タイプの違うあれだし……そもそもこう、知名度の、格差が……」

坂田、資料を出して、

坂田「薄謝ではございますが……」

と、ギャラの額を見せられて、

紅葉「……えっ」

あまりの高額に「嘘でしょ？」と坂田を見る。

坂田、「本当です」と静かに頷く。

紅葉「(まじか)……」

坂田「詳しいことは、ご足労ですが、後日シノさんのアトリエで」

と、住所を渡される。

紅葉「アトリエ……」

坂田「私抜きで佐藤さんと二人でお話ししたいって言ってるんですが、よろしいですか?」

紅葉「二人で……」

坂田「あ、大丈夫ですよ。新進気鋭とか言われてますけど、物腰やわらかーい、ふにゃーっとした人なんで」

紅葉「……(とりあえず頷く)」

坂田「こういうことしたがるの珍しいんですよ。相当佐藤さんのこと気になってるんだと思います。なので、ぜひ」

と、深く頭を下げる。

紅葉「……はい(と頷く)」

篠宮のアトリエ・玄関(日替わり)

紅葉、住所を確認しながら紹介されたアトリエにやって来る。

緊張した様子でチャイムを鳴らす。

扉が開いた向こうにいたのは、高校の同級生・篠宮樹(27)。

紅葉、すぐに篠宮だとわかって、

紅葉「え……」

篠宮「(笑顔で)佐藤くん」

紅葉「……篠宮?」

篠宮「わかる? よかったー」

と、ホッとした様子。

紅葉「シノ……え?」

篠宮「佐藤くん友達多かったから、俺のことなんか覚えてないと思った、よかったー。どうぞー」

　と、紅葉を招き入れる。

紅葉「……」

同・中

　紅葉、落ち着かず、アトリエに置かれた絵を見て回る。

　篠宮、お茶を出し、冗談交じりに笑って、

篠宮「忘れられてたら初対面のふりしようと思ってた」

紅葉「忘れてないけど……名前、女の人だと思ってたから」

篠宮「佐藤くんのアカウントだってmomijiじゃん。でもイラスト見てすぐわかったよー」

紅葉「(申し訳なくて)……」

篠宮「一緒に何かしたいと思ったんだけど、同級生だからって理由は嫌かなって。だから、坂田さん通して」

紅葉「あぁ……」

　篠宮、紅葉のパッとしない反応を気にして、

篠宮「……ごめん。大人になってまで俺の相手するの、」

紅葉「(何度も首を横に振り)……」

篠宮「佐藤くんにはほんと感謝してて。二年のとき、優しくしてくれたの」

紅葉「(引っかかって)……」

篠宮「三年でクラス離れたときもさ、黒崎くんのこと紹介してくれたでしょ。仲良くなれると思うからって」

紅葉「あぁ……うん」

篠宮「うん、あのあとほんとに仲良くなって、黒崎くんから聞いた。一年のときいつも一人でいたら、佐藤くんが声かけてくれたって」

紅葉「……黒崎、今でも仲良いの?」

篠宮「うん。今でも友達」
紅葉「……そっか」
篠宮「今でもたまに佐藤くんの話になるよ。ああいう、友達が多くて、明るくて、でも俺たちみたいな日陰にも気付いていてくれるの、佐藤くんだけだったよねって。憧れだったたねって」
紅葉「……」
篠宮「あ、じゃあ本題なんだけど、来年個展が決まってるから、それに向けて作りたくて、」
　紅葉、罪悪感が積もって、抑えきれず、
紅葉「篠宮も黒崎も同じクラスにいて、よかったって思って……」
篠宮「ん？　うん。俺だって佐藤くんいてくれてよかったよ。（照れくさそうに笑って）そう言ってるじゃん」
紅葉「そうじゃなくて」
篠宮「え？」
紅葉「……お前らみたいな、一人で可哀想なやつ、余ってるやついると、ありがたかった」
篠宮「……」
紅葉「そういうやつ、裏切らないから。俺なんかでも、絶対一緒にいてくれて、一緒にいるだけで、嬉しそうにしてくれるから」
篠宮「……」
紅葉「ほんとは友達なんかいなくて。上手いことやり過ごして、目立つやつと一緒にいて、良いように使われてただけで……それがずっと続くのしんどいから、たまにああやって、一人のやつ見つけて、近付いて、優しいふり、ほっとけないみたいな、そういうふりして……」
篠宮「うん……で？」
紅葉「……」
篠宮「で？　そうやって仲良くなるのは、普通の、自然になる友達と、なんか違うの？」

紅葉「……」
篠宮「……なんでもいいけど、よくないけど……そっちの勝手な罪悪感で、こっちの良い思い出塗りつぶさないでよ」
紅葉「……」
篠宮「優しいふりしてればいいじゃん。こっちは優しさだって捉えてんだから」
紅葉「……」
篠宮「一緒に仕事するのやだよね、ごめん。会う前にちゃんと言わないの、ずるかったよね」
紅葉「……」
篠宮「あ、まだバイトとかしてる?」
紅葉「……してるけど……」
篠宮「そっか。一個仕事飛ぶときついよね」
　と、スマホをいじる。
紅葉「(え?)……」
篠宮「他の案件紹介してもらえるよう、坂田さんに頼んどくよ。できるだけ割のいいやつ」
紅葉「……なんで?」
篠宮「(紅葉を見る)……」
紅葉「なに? 優しさ?」
　篠宮、本心で心配していたが、
篠宮「……優しいふり。佐藤くん、一人で可哀想だから」
紅葉「……」
　紅葉、玄関へ向かい、扉の前で振り返る。
紅葉「おじゃましました……」
篠宮「……バイバイ」
紅葉「……」
　紅葉、小さく会釈して、部屋を出て行く。

同・外

　紅葉、早足にアトリエを後にする。
　溢れ出す涙を拭う。

[回想] 紅葉が通う高校・廊下

高校3年生の紅葉、目立つ男子のグループに混ざって教室前の廊下で騒いでいる。
篠宮、隣の教室から一人で出てくる。

紅葉「(あっ)……」
と、篠宮に声をかけようとしたとき、

篠宮「黒崎くん!」
と、教室の奥へ声をかける。
教室から黒崎将太(18)が出てくる。
二人とも紅葉に気付かず、親し気に話しながら廊下を歩いていく。

紅葉「(思い留まり)……」
紅葉、少し寂しいが楽しそうな二人に安堵して、またみんなとのおしゃべりに戻る。

春木家・外(夕)

泣き腫らして歩いていく紅葉。
椿の家の前だと気付いて、

紅葉「……間違った……」
と、踵を返すと、スマホに椿から着信。

紅葉「……はい」

椿の声「あ、僕です」

紅葉「はい」

椿の声「今日、うち来れる? 全然お仕事忙しいとかならいいんだけど、」

紅葉「もう来てます」

椿の声「ん?」

紅葉「今、椿さんちの前にいます」

椿の声「……。怖いよ、こっちから電話したのに、え、なんで……」

紅葉「すみません……なんか、耳貸してほしくて……」

椿の声「……ごめんね、今仕事終わったとこで、まだ会社出たばっかで」
紅葉「大丈夫です。帰ります……」
椿の声「ポスト。番号誕生日ね」

紅葉、ポストを開けると合鍵がある。

紅葉「(手に取って)……」
椿の声「待ってて」
紅葉「……はい」

同・リビング(夕)

紅葉、電話をしたままリビングに入る。

紅葉「すみません……じゃ、切ります」
椿の声「駅までもうちょっと歩くから、耳貸せるよ」
紅葉「……はい」
椿の声「うん」

通り(夕)

駅へ向かって歩きながら電話する椿。

紅葉の声「……椿さんって」
椿「うん」
紅葉の声「死にたいなぁってとき、誰かに言えます?」
椿「(え?)……」
紅葉の声「……あ、死にたいっていうか、お腹痛いみたいなことです。お腹痛いときのことです……」
椿「……うん」

春木家・リビング(夕)

紅葉、ダイニングテーブルのいつもの椅子に座る。

紅葉「お腹痛いなぁってときに、今お腹痛いんだぁって言える人が、いなくて」

椿の声「うん」

紅葉「一人で薬局行って、薬買って、飲んで、寝て、痛くなくなるの待つだけっていう。そういう感じで」

椿の声「うん」

紅葉「お腹痛いの人に言ったって、治んないし。だから別にって、思ってたんです、ずっと」

椿の声「うん、そっか」

紅葉「でも……ここに、前に住んでた人、その人だけはそういうの言える人で、聞いてくれる人だったから、だから、会いに来たんですけど……」

椿の声「ごめんね、僕が住んでて」

紅葉、何度も首を横に振る。

紅葉「……だからもう、こういうの言える人ほんとに誰もいないんだって思って。なんで引っ越してんだよって、悲しいし、寂しいし、イライラして。仕事も、昔の友達とも、なんか全部上手くいかないし……」

椿の声「うん」

紅葉「そういうのを……今、椿さんに話せてるって感じです」

白波出版の最寄り駅・改札前（夕）

椿、駅に着いているが、改札に入らず紅葉と電話を続けている。

椿「うん。よかった、話す人いて」

紅葉の声「……でもこれも、選んでて。椿さんみたいな人は裏切らないって、一緒にいてくれるってわかって。それで、懐いたふりしてて」

椿「（笑って）懐いてくれてんだ、ありがとー」

紅葉の声「懐いた、ふりをしてて。甘えてる、ぶってるだけで……」

椿「ゆくえさんは良い先生ぶってて」

紅葉の声「ん？」

椿「でも生徒さんから良い先生って言われてて。それってほんとに良い先生ってことだよねって」
紅葉の声「……なんの話ですか」
椿「(笑って) あとでゆくえさんに聞いて」
紅葉の声「……はい」

春木家・リビング（夕）

いつもの場所に座ったまま、椿の声を聞く紅葉。

椿の声「お腹痛いときに、お腹痛いって言っても治んないけど、痛いのは変わんないけど、紅葉くんは今お腹痛いんだなってわかってたい人はいて、わかってる人がいると、ちょっとだけマシみたいなことは、あるから」
紅葉「……はい」
椿の声「今、お腹痛いの？」
紅葉「痛くないです」
椿の声「お腹減ってる？」
紅葉「減ってます」
椿の声「牛丼好き？」
紅葉「好きです」
椿の声「じゃあ牛丼の同じの、二人分買って帰るね」
紅葉「はい……なんか、やっとくことって」

と、立ち上がりキッチンへ。

椿の声「あ、じゃあ、お湯そそぐ味噌汁がね、たぶんあるから……あの、シンクの上の戸棚の、」

紅葉、場所がわかっていて、インスタントの味噌汁を棚から出す。

紅葉「はい、わかります……あります」
椿の声「うん。じゃあ、お湯沸かしといて。お茶碗二つ分ね」
紅葉「お茶碗二つ分」
椿の声「ほら、いっぱい沸かすと電気代かかるから。ケトルってね、意外と」

紅葉「（クスクス笑って）お茶碗二つ分」

椿の声「なに。なんかバカにされてる?」

紅葉、笑顔で首を横に振って、

紅葉「お茶碗二つ分のお湯、沸かして待ってます」

椿の声「うん、急いで帰るね」

紅葉「ゆっくりでいいよ」

椿の声「じゃあゆっくり帰るね」

紅葉「ちょっと急いで」

椿の声「じゃあちょっと急ぐね」

紅葉「……またね」

椿の声「うん、またうちでね」

紅葉、電話を切る。

涙を拭って、一息ついてケトルに水を入れる。

白波出版の最寄り駅・改札前（夕）

椿、紅葉との電話を終え、改札へ向かう。

春木家・リビング（夜）

椿、リビングに入って来て、

椿「ただいまー、お待たせー」

紅葉「……おじゃましてます」

紅葉、お茶碗を4つ用意している。

椿、テイクアウトした牛丼を4つ持っている。

紅葉、ゆくえと夜々の分だと察して少し笑みがこぼれる。

椿、ケトルの水量を見て、

椿「4人分はあるね」

紅葉「ごめんなさい、電気代」

椿「（笑って）いいよー」

チャイムが鳴る。

椿「早いな」

と、玄関に向かう。

玄関の扉を開ける音。玄関から声がする。

夜々の声「紅葉くーん、ウシ食べよー」

椿の声「ギュウね」

ゆくえの声「紅葉～、市民プール行こ～」

椿の声「市民プール？」

紅葉、笑ってインスタントの味噌汁を準備する。

×　×　×

ゆくえ、椿、夜々、紅葉、それぞれいつもの椅子に座ってダイニングテーブルで牛丼を食べる。

紅葉「じゃあ、椿さんから」

椿「……ミュージシャンです」

三人「(意外で) お～」

ゆくえ「演奏する人ですか？」

夜々「作る方の人？」

椿「歌う人になりたかったです。演奏したり作ったりもできたら最高でした」

紅葉「へぇ……」

夜々「私、棋士です」

ゆくえ「騎士？　ナイトの騎士？」

紅葉「夜だから？」

夜々「違います。将棋のプロ棋士です。ママに男の子の遊びだからって禁止されてたんですけど、従姉妹のお姉ちゃんがこっそり教えてくれて。強いですよ」

椿「へぇ、かっこいいね、いいね」

夜々「ありがとうございます。強いですよ」

ゆくえ「二人みたいに意外性なくてあれだけど、普通に学者になりたかった」

紅葉「数学の？」

ゆくえ「うん。まだ証明されてない問題をね、解き明かして。ちびっこたちに夢と希望を与えたかった」

椿「数学に夢と希望があるんですか？」

ゆくえ「数学そのものが夢と希望です。夢と希望を解き明かしたら、さらに鮮やかな夢と希望が生まれます」

椿「なんかごめんなさい理解できなくて」

紅葉「……でもみんな、今、塾講師で、会社員で、美容師じゃないですか」

ゆくえ「うん」

紅葉「なんで本気でなろうと思わなかったんですか？　追いかけなかったんですか？」

三人とも当たり前のように淡々と、

ゆくえ「自分の能力に、限界感じたからかな」

紅葉「……」

椿「世間体を気にしたからです。真っ当に生きなきゃって思ってたから」

紅葉「……」

夜々「手遅れになっちゃうと思ったからです。目指して、いざ無理だったときに、怖いなって」

紅葉、納得してしまって、

紅葉「そうだよね、すごい正論……」

ゆくえ「でも、塾講師もなりたかった仕事だから、夢が叶わなかったわけじゃない。叶ってる」

椿「僕も。就活するとき出版社が第一志望だったから」

夜々「同じです。美容師になりたくてなりました」

紅葉「……」

夜々、想像してちょっと笑いつつ、

夜々「学者とミュージシャンと棋士だったら、たぶん出会ってないですね。わかんないけど」

椿「紅葉くんは絵描きさんのままでも」

ゆくえ「うん、出会えてそう」

夜々「そうですね。イラストレーターしつつ、本業コンビニバイトでも」
椿「本業は絵描きさんでしょ。コンビニが副業だよね」
ゆくえ「椿さん、タートルネックのこととっくりって言う人ですか？」
椿「なに、なんで急に話変えたの？　夢の話しようよ」
夜々「おはぎのことぼたもちって言う人ですよね？」
椿「え？」

夜々、ゆくえにスマホのロック画面を見せて、

夜々「ゆくえさん、これなんですか？　このちっちゃいの。これ」
ゆくえ「カタツムリ」
夜々「ですよね。カタツムリですよね」
椿「紅葉くん助けて。はぶられてる」

紅葉、三人を見ていていろいろとどうでも良く思えて笑えてくる。

夜々「ほら、ウケてる。三対一ですよ」
椿「だからなにが？」

ゆくえ、キッチンに置かれた４つのマグカップが目に入って、

ゆくえ「あ、紅葉選んだ？　マグカップ」
紅葉「マグカップ？」

ゆくえ、ダイニングテーブルにマグカップを４つ持ってきて、

ゆくえ「どれがいい？　おそろ。いろち」
紅葉「みんなは？」
夜々「一先ず、一番好きなの選んでいいよってやつで。被ったら戦争です」
椿「好きなのどうぞ」
紅葉「じゃあ……黄色」

と、黄色を手に取る。

三人、嬉しそうに顔を見合わせて、

三人「おぉ〜」

紅葉「なに？」

ゆくえ「ありがと。平和だ。黄色だけ余ってたの」

と、水色のマグカップを手に取る。

夜々「黄色報われたー、よかったー」

と、紫のマグカップを手に取る。

椿「ゆくえさん、物にも感情移入して辛くなるんですか？」

と、赤のマグカップを手に取る。

ゆくえ「なります。ずっと黄色の心配してました……みんな選ばれてよかった。誰も余ってない」

紅葉「（頷いて）……よかった……」

篠宮のアトリエ・中（夜）

篠宮、昔描いたキャンバスを見つけて、イーゼルに置く。

紅葉と一緒に絵を描いていた公園の風景画。

篠宮「……」

スマホで誰かに電話をかける。

スピーカーにして近くに置き、筆を取る。

黒崎の声「はーい」

篠宮「あ、黒崎くん？　今大丈夫？」

黒崎の声「うん」

篠宮「なんか……用とかじゃないんだけど、ちょっと耳貸してほしくて。別に、なんもないんだけど」

と、気丈に振る舞い、絵を塗りつぶしていく。

黒崎の声「（察して）……なんかあった？」

篠宮、言葉にならず涙が溢れ出して、
篠宮「……いや……」
黒崎の声「今アトリエ？　お腹減ってる？　牛丼とか買ってこっか」
篠宮「……よかった、黒崎くんいて。会わせてもらえたから、余っててよかった」

春木家・リビング（夜）

紅葉、ソファで横になってタブレットで絵を描く。

ゆくえ、その近くのローテーブルで中学生の数学のテキストを解いている。

椿と夜々、ダイニングテーブルに二人。パソコンのアプリを使って将棋の対戦をしている。

椿、あっさりと負ける。

ドヤ顔の夜々。若干引いている椿。

椿「……え、ガチじゃん……」
夜々「ガチなんです。椿さんガチとか言うんですね」
椿「多分初めて言った、思わず言っちゃった……」
夜々「なんか甘いもの食べたいなー」
と、立ち上がる。
椿「アイスあるよ」
夜々「失礼しまーす」
冷凍庫を開けアイスがあるのを確認するが、椿と出かけるために、
夜々「……ないです」
椿「え？　買ったばっかり……」
夜々「食べたいアイスが、ないです」
椿「（本気で申し訳なくて）……ごめん……」
夜々「いえ、ごめんなさい……あの、買いに行きませんか？　二人で」

椿「うん、行こっか」
夜々「(ニヤニヤを堪える)……はい」
　椿、ゆくえと紅葉に、
椿「コンビニ行ってくるねー」
ゆくえ「ピザまん」
紅葉「アメリカンドッグ」
椿「はーい」
　と、家を出る椿と夜々。
　紅葉、絵を描くのをやめて、ゆくえの横へ行き問題を解く様子を見る。
紅葉「……」
ゆくえ「あー間違ったー、紅葉が見るからー」
紅葉「(笑って)俺のせいじゃないでしょ」
ゆくえ「解く?」
紅葉「(首を横に振る)」
ゆくえ「楽しいよ?」
紅葉「(さらに首を振る)」

　二人、笑う。
　紅葉、ぼんやりテキストを眺めながら、
紅葉「……間違ったかな」
ゆくえ「んー?」
紅葉「間違ったのかなって思うことあって、最近。自分がそういうの目指すのは、間違いだったかなって」
　ゆくえ、解答を続けながら淡々と、
ゆくえ「紅葉が間違いだと思うなら、間違いだったんじゃない?」
紅葉「……」
　紅葉、タブレットで篠宮の絵を検索して見せる。
紅葉「見てこれ。高校のときの同級生が描いたやつ」
ゆくえ「へぇ……(まじまじと見て)優しいね」
紅葉「うん。上手いよね」

ゆくえ「上手いかはよくわかんない。素人だから」
紅葉「……そっか」
　ゆくえ、篠宮の絵を数枚サッと見て、
ゆくえ「紅葉も同じタイプだよね、優しい感じ」
紅葉「(首をかしげて) んー……」
　ゆくえ、真似して首をかしげて、
ゆくえ「んー？」
　二人、目が合い笑って、
ゆくえ「いんだよ、描いた人が実際どうかはさ。それ見た人がどう思うかでしょ。優しいって思った人にとっては、優しい、でいんだよ」
紅葉「……」
ゆくえ「綺麗なお花だなぁってうっとりしてる人にさ、それトゲありますよ。毒ありますよってわざわざ言わなくていいの。その人がどう見てるかでいんだよ」

紅葉「……そうだよね」
ゆくえ「うん」
　紅葉、ゆくえの回答を見て、
紅葉「(指さして) ここ間違ってる」
ゆくえ「……ほんとだ」
　ゆくえ、ペンケースからスタンプを出して、
ゆくえ「よくできました！」
　と、紅葉の手の甲に【よくできました】の赤いスタンプを押す。
紅葉「(笑って) びっくりしたー。なにこれ」
ゆくえ「(笑って) はなまるあげる」
　二人、笑う。

コンビニ・前〜通り(夜)

　椿と夜々、買い物を済ませ、店から出て歩いていく。

椿、楽しそうな夜々を見て、

椿「(笑って) そんなに好きなの?」

夜々「好きです」

椿「そのアイス?」

夜々「夜のコンビニに、歩いてアイスを買いに行く行為が、好きです」

椿「じゃあ今度は4人で行こっか」

夜々、椿をチラッと横目に見て、

夜々「……はい」

了

Cast

潮ゆくえ .... 多部未華子

春木 椿 .... 松下洸平

深雪夜々 .... 今田美桜

佐藤紅葉 .... 神尾楓珠

潮このみ .... 齋藤飛鳥

春木 楓 .... 一ノ瀬颯

望月希子 .... 白鳥玉季

穂積朔也 .... 黒川想矢

白石峰子 .... 田辺桃子

相良大貴 .... 泉澤祐希

小岩井純恋 .... 臼田あさ美

赤田鼓太郎 .... 仲野太賀

他

Staff

脚本
生方美久

音楽
得田真裕

主題歌
藤井 風『花』
(HEHN RECORDS/UNIVERSAL SIGMA)

プロデュース
村瀬 健

演出
髙野 舞／谷村政樹／ジョン ウンヒ

制作著作
フジテレビ

Book Staff

カバー写真
市橋織江

ブックデザイン
市川晶子（扶桑社）

DTP
明昌堂

校正
東京出版サービスセンター

いちばんすきな花

シナリオブック 完全版〈上〉

発行日	2023年11月23日 初版第1刷発行 2023年12月10日 第2刷発行
脚 本	生方美久
発行者	小池英彦
発行所	株式会社 扶桑社 〒105-8070 東京都港区芝浦1-1-1 浜松町ビルディング 電話 03-6368-8870(編集) 03-6368-8891(郵便室) www.fusosha.co.jp
企画協力	株式会社フジテレビジョン
印刷・製本	サンケイ総合印刷 株式会社

ISBN 978-4-594-09638-0